CINCO MÁSCARAS

CARLO ANTICO

CINCO MÁSCARAS

EDITORA
Labrador

Copyright © 2019 de Carlo Antico
Todos os direitos desta edição reservados à Editora Labrador.

Coordenação editorial
Patricia Quero

Projeto gráfico, diagramação
Felipe Rosa

Capa
Marco Tulio Riccioppo
Marco Antonio Riccioppo

Revisão
Luiza Lotufo
Laila Guilherme

Dados Internacionais de Catalogação na Publicação (CIP)
Angelica Ilacqua CRB-8/7057

Antico, Carlo
  Cinco máscaras / Carlo Antico. -- São Paulo : Labrador, 2019.
  208 p.

ISBN 978-85-87740-64-9

1. Ficção brasileira I. Título.

19-0079   CDD B869.3

Índice para catálogo sistemático:
1. Ficção brasileira

Editora Labrador
Diretor editorial: Daniel Pinsky
Rua Dr. José Elias, 520 - Alto da Lapa
05083-030 - São Paulo - SP
+55 (11) 3641-7446
contato@editoralabrador.com.br
www.editoralabrador.com.br

A reprodução de qualquer parte desta obra é ilegal e configura uma apropriação indevida dos direitos intelectuais e patrimoniais do autor.

A editora não é responsável pelo conteúdo deste livro. O autor conhece os fatos narrados, pelos quais é responsável, assim como se responsabiliza pelos juízos emitidos.

Este livro é dedicado à minha avó, Aglays Porto Antico, e ao meu tio, Fúlvio Márcio Riccioppo, ambos, tenho certeza, em um lugar muito melhor.

"Bons amigos são como estrelas: nem sempre podemos ver, mas temos certeza de que estão sempre lá."
Autor desconhecido

PRÓLOGO

A chuva sibilava, os raios espocavam e os trovões rugiam em uma noite escura e tempestuosa sobre Tromso, na Noruega. Era 21 de novembro de 1991, e o inverno se mostrava rigoroso na Escandinávia. Era tarde da noite, porém poderia muito bem ser três da tarde, dado o tempo em que o sol aparecia nessa época do ano. O céu ficava escuro como breu durante vinte horas todo santo dia e ninguém ousava sair de casa após voltar do trabalho, fazendo com que Tromso parecesse uma cidade fantasma. Apesar de ser a maior cidade acima do círculo polar Ártico, também conhecida como a "Paris do Norte", nessa noite Tromso era tudo, menos a "Cidade Luz".

Enquanto isso, no subsolo da maravilhosa catedral do Ártico, seis velhos cientistas estavam em total desespero pelo que estava prestes a acontecer. Eles tinham feito planos para se reunir naquele local uma última vez antes de decidir o que fariam. Afinal, o trabalho de suas vidas estava em risco, e eles precisavam pensar em como salvá-lo.

Tudo começara 46 anos antes, quando todos ainda eram jovens estudiosos, idealistas e cheios de sonhos. Eles haviam concentrado seus esforços pelo bem da humanidade e conseguiram chegar onde ninguém antes havia conseguido: a raça humana ficaria livre das doenças para sempre. Os cientistas haviam escolhido Tromso como base, pois era o local mais afastado da atenção pública que eles puderam pensar (em um mundo ainda nos primeiros estágios da globalização), e o local lhes havia sido oferecido. Pouco a pouco, com o passar dos anos, eles foram construindo ali um laboratório secreto.

Dentro do laboratório, viam-se enormes mesas de mármore, centenas de tubos de ensaio de todos os tamanhos e maquinário deveras complexo, construído para induzir reações químicas artificiais nunca antes vistas. Quem entrava no recinto logo se deparava com um quadro-negro com fórmulas químicas incompreensíveis — para uma pessoa comum — escritas com giz. As paredes da direita, da esquerda e do fundo estavam cobertas de estantes, prateleiras e armários com portas de vidro, lotados de recipientes com líquidos estranhos, cadernos, livros e pilhas de papel aleatórias, frascos de ebulição, copos de Griffin, medidores de volume, bicos de Bunsen e balões de Erlenmeyer. Os próprios cientistas haviam transportado os materiais durante todos esses anos, sempre tarde da noite, para que ninguém suspeitasse do que estava acontecendo. O padre responsável pela catedral algumas vezes havia se sentido compelido a contar a seus paroquianos o que acontecia ali, mas conteve-se. Por fim, apenas disse que o trabalho desses cientistas teria o selo de aprovação de Deus, mas que algumas pessoas mal-intencionadas poderiam querer destruí-lo, logo, o segredo era primordial. A transformação do subsolo em laboratório foi concluída nos anos 70 e eles o usavam desde então.

No entanto, naquela noite congelante de novembro de 1991, as coisas estavam caminhando a passos largos para terminar de uma forma bastante triste e melancólica. Uns cinco dias antes, tinham circulado rumores sobre o trabalho secreto. Um diácono radical ouvira por acidente uma conversa entre os cientistas e o padre e ficou horrorizado com o que descobriu. Alertou o bispo da Noruega, que por sua vez alertou o Vaticano. O Vaticano então contatou um aliado incomum: uma companhia farmacêutica. Quando estes souberam o que acontecia, acionaram todas as autoridades importantes que puderam, além da polícia de Tromso. O delegado local rapidamente enviou um policial para investigar. Ele bateu à porta da igreja, e o padre atendeu:

— Boa noite, meu filho, como posso ajudá-lo?

— Padre Flo, eu sinto muito incomodá-lo, mas recebemos uma informação de que o senhor estaria acobertando atividades ilegais na sua igreja. O senhor me deixaria entrar um pouco?

— É claro, filho. Esta casa de Deus não tem nada a esconder.

O policial entrou e esquadrinhou cada canto da igreja. Não conseguiu encontrar nada, é claro. O diácono delator ouvira sobre o *que* os seis cientistas faziam, mas nunca *onde* o faziam. O oficial da lei agradeceu ao padre e saiu, pedindo desculpas.

Porém, padre Flo era um homem inteligente e sabia que, para algo que vinha acontecendo há quase cinquenta anos sem nunca ter levantado qualquer suspeita de repente tornar-se alvo de questionamentos... com certeza havia algo mais.

O policial não encontrara nada, mas era apenas questão de tempo para ele voltar com reforços e um mandado de busca. Quem quer que tenha dado a informação, a polícia já tinha certeza sobre ela e não descansaria enquanto não a confirmasse.

Na verdade, a resposta obtida pelo policial já era esperada pela polícia de Tromso e por aqueles preocupados com o que acontecia. Assim, já haviam começado a reunir uma força-tarefa para invadir a igreja, conseguindo inclusive ajuda de importantes agências de inteligência e segurança de todo o mundo. O que estava sendo feito naquela igreja não seria tolerado, uma vez que colocava toda a humanidade em risco. Eles agiriam a qualquer momento, tarde da noite, para não levantar suspeitas.

O padre Flo não sabia quando a polícia retornaria, mas tinha certeza de que o faria. Assim que voltou para dentro da igreja, após a visita do policial, ligou para cada um dos seis cientistas e lhes disse exatamente isto:

— Fomos descobertos. Venha o mais rápido que puder. Precisamos salvar o máximo que for possível.

E foi assim que eles se viram no laboratório secreto naquela noite de 21 de novembro. O padre os deixou sozinhos, assegurando-lhes que faria de tudo para tentar dificultar a entrada da força-tarefa. Mas o tempo estava se esgotando, eles estavam desesperados.

— Temos que destruir tudo — disse um deles. — Se usarmos a passagem secreta pelo adro, estaremos a salvo. Ninguém sabe quem somos.

— Ok. Vamos queimar todos os papéis e despejar todos os líquidos pelo ralo — disse a única mulher, com sotaque francês.

— Esperem. Nós trabalhamos nisso por quarenta anos de nossa vida, e eu me recuso a jogar tudo fora. Vou salvar pelo menos um tubo e escondê-lo. Quem sabe? Talvez, algum dia, alguém o encontre e o use da forma correta — falou o dinamarquês Henrik.

— Eu concordo — disse o cientista britânico. — Pode levá-lo com você.

— Certo, espero que nenhum de vocês se importe.

— Você é o mais inteligente de todos nós, foi quem começou tudo isso — disse um dos americanos. — Agora, rápido, vamos começar, eles podem invadir a qualquer momento.

E, assim, começaram a queimar todos os papéis e a derramar todos os líquidos no ralo da enorme pia. Henrik colocou um tubo de ensaio com uma substância azul-clara no bolso de seu casaco. Atearam fogo no resto do laboratório e saíram em disparada em direção à passagem secreta que os levaria ao adro. Quando lá chegaram, ouviram o barulho da força-tarefa invadindo o laboratório. Os policiais provavelmente ficaram muito frustrados... Não havia restado nada, até mesmo as fórmulas na lousa haviam sido apagadas.

Quando os cientistas estavam a uma distância segura da igreja, Henrik parou e disse:

— Ok, não tenho certeza de que sou o mais inteligente entre nós, mas sem dúvida sou o mais experiente, dada a minha idade. Então, eu já suspeitava que isso fosse acontecer. Não se sai por aí pesquisando em elementos da natureza a cura para todas as doenças sem irritar algumas pessoas. Este tubo de ensaio é tudo o que resta de nossa pesquisa, e eu tenho certeza absoluta de que funciona. Alguns de nós estamos no fim da vida agora. Se não morrermos de alguma doença, o tempo se encarregará disso. E nenhum tem filhos ou familiares próximos. Vou esconder este tubo e tenho certeza de que alguém de valor o encontrará algum dia. Por favor, venham ao meu quarto amanhã de manhã; tenho algo para vocês.

Todos acenaram positivamente com a cabeça e voltaram ao hotel.

No dia seguinte, reuniram-se no quarto de Henrik. Ele pediu que eles se sentassem e foi pegar uma pequena sacola amarela com o bordado de um coração e um halo, que estava em sua valise, e disse:

— Como falei, eu sabia que estávamos em perigo e por isso tomei algumas precauções enquanto trabalhávamos. Com ajuda de meus contatos, consegui construir um local secreto, onde poderíamos esconder o que quer que conseguíssemos salvar. Pensei que podia muito bem ser apenas um tubo. Se ele não estivesse comigo, eu com certeza revelaria o local do esconderijo para que um de vocês o levasse até lá — disse, com a voz embargada pelas lágrimas. Respirou fundo e continuou: — Enfim, vou levar este tubo para esse lugar, mas não direi nem a vocês sua localização. Não é nada pessoal, mas o que temos aqui é tão precioso que quero mantê-lo o mais secreto possível.

Os outros cinco se entreolharam. Era claro que não estavam felizes com a ideia, mas, por respeitarem a experiência e o conhecimento de Henrik, concordaram.

— No entanto — prosseguiu —, seria injusto se, após todos os seus esforços, eu simplesmente escondesse algo tão valioso e os deixasse totalmente no escuro sobre isso. Esse é o motivo de ter isto aqui.

Henrik levantou a pequena sacola amarela pelo laço vermelho amarrado. Desamarrou o laço, abriu o pacote e deixou cair o que havia dentro em sua mão esquerda aberta: eram cinco pequenas peças de porcelana. Ele puxou a cadeira ao lado da mesa de centro do quarto e colocou-a entre ele e seus companheiros. Espalhou as peças no assento. Os cientistas ficaram intrigados. O que eles estavam vendo eram cinco pequenas máscaras venezianas de cores diferentes e feitas de porcelana, cada uma com detalhes de uma cor diferente, como uma maquiagem: azul com maquiagem laranja, branca com maquiagem vermelha, verde com preta, amarela com roxa e cinza-claro com rosa. Todas possuíam um pequeno orifício no que seria a "testa" da máscara.

— O que é isso? — perguntou a mulher com sotaque francês.

— Chaves — respondeu Henrik. — Essas cinco máscaras são na

verdade chaves. Juntas, e apenas juntas, elas abrem o compartimento secreto que construí em um lugar sigiloso. É onde esconderei o tubo. No momento, está aberto, mas assim que eu voltar, colocá-lo lá e fechar, apenas com as cinco máscaras alguém será capaz de abri-lo novamente.

Os outros cientistas ficaram abismados e olhavam com grande admiração para as máscaras e para seu amigo. Eles sabiam da sua inteligência, mas nunca imaginaram que iria tão longe. Um deles disse:

— Henrik, você é um verdadeiro gênio! Sabia disso? Estamos muito aliviados sabendo que nosso segredo está a salvo por sabe Deus quanto tempo. Espero que você tenha um lugar ainda mais seguro para guardar essas máscaras.

Henrik apenas sorriu e disse:

— Eu tenho. Estou olhando para ele neste momento.

— O quê? Onde? Eu? Ele? Você quer dizer todos nós? Você quer que nós guardemos as máscaras?

— Isso mesmo! Darei uma para cada um de vocês, para que as escondam onde acharem mais seguro. Não me interessa onde, desde que não seja um lugar óbvio, como um cofre de banco ou algum lugar nas suas casas. Escolham sabiamente.

Cada um pegou sua máscara, ao mesmo tempo intrigados e sem entender direito o que tinham acabado de ouvir, mas ninguém contestou a escolha. Já estavam indo para seus quartos para arrumar suas malas, uma vez que voltariam aos seus respectivos países na manhã seguinte, quando...

— Esperem — disse Henrik. — Tem mais uma coisa. Por mais que eu não queira que isso caia em mãos erradas, não quero que fique escondido por toda a eternidade. Por isso, nós todos temos mais uma responsabilidade: de uma forma ou de outra devemos deixar pistas para que alguém, com a inteligência e o coração dignos, as encontre — Os outros cientistas seguiam cada gesto dele boquiabertos e com os olhos arregalados. Henrik prosseguiu: — Cada um de nós escreverá um livro sobre o papel da natureza em nosso trabalho e na cura de doenças.

No título desse livro deverá constar a palavra "natureza". Dentro de cada um, deixaremos as pistas. Não importa o que façamos, desde que deixemos o mesmo tipo de pistas e que elas usem a mesma referência. E tem mais: publicaremos apenas uma cópia de cada livro e os guardaremos no mesmo local. Quando nos reunirmos para fazer isso, será a última vez que nos veremos. Mais uma coisa, porém: encontrem uma maneira de deixar nosso símbolo com o coração e o halo nos lugares em que vocês as esconderem, como se fosse o "x" marcando o local do tesouro. Vocês concordam?

Todos concordaram, discutiram e concluíram qual seria a melhor data para se encontrarem e a melhor maneira de deixar as pistas. Depois, os cinco cientistas saíram e Henrik foi arrumar as suas malas.

CAPÍTULO 1

Nova Orleans, 18 de junho de 1980.

A *Big Easy*[1] no fim da primavera e o cheiro das magnólias no ar. Estava quente e úmido, como é tão característico da *Crescent City* nos meses mais quentes do ano. Havia artistas de rua por todos os lados e um bom naipe de metais tocava "The Bucket's Got a Hole in it" na frente da catedral de St. Louis. Crianças pequenas, usando uniformes dos Saints, arremessavam bolas de futebol americano umas para as outras. Ninguém na cidade fazia ideia de que seu amado time estava fadado a começar a temporada com uma vitória e quinze derrotas. Linguiças de jacaré e porções generosas de *jambalaya* eram servidas no *French Market*. O cheiro da cozinha *cajun* espalhava-se pelo ar. Homens e mulheres tomavam cerveja Dixie como se fosse água, os antiquários da rua Royal estavam lotados de turistas de todos os cantos do mundo, músicas *cajun* e zydeco tocavam alto dentro das lojas de bugigangas da rua Decatur.

Dentro de um estúdio de gravações local acontecia uma *jam session* tão temperada quanto o melhor *crawfish etouffee*[2]. Allen Toussaint estava gravando, e um engenheiro de som local tomava conta do volume dos instrumentos. Era Scott Lafitte, que jurava que, a despeito de seu sobrenome, não tinha nada a ver com o velho herói bucaneiro de Barataria[3].

Scott era um ótimo guitarrista, mas suas bandas nunca pareciam ir a lugar algum, o que sempre levava todos os seus companheiros de

---
1. *Big Easy* e *Crescent City* são apelidos comuns dados à cidade de Nova Orleans.
2. *Crawfish etouffee* é um prato típico de Nova Orleans. Uma espécie de guisado apimentado de um tipo de lagostim servido com arroz.
3. Barataria é uma baía na região pantanosa de Nova Orleans, onde viveu o pirata Jean Lafitte. Durante a Guerra de 1812 – considerada por muitos historiadores como uma Segunda Guerra da Independência – contra a Inglaterra, Jean Lafitte foi essencial para a vitória americana ao ser o principal herói da Batalha de Nova Orleans, que impediu a invasão britânica.

banda a abandoná-las. Os motivos eram sempre os mesmos: divergências musicais e, principalmente, a falta de um salário fixo. Afinal, eles precisavam de trabalho para sobreviver, enquanto ele não: herdara de um tio texano ações de uma empresa petrolífera, que vendera por milhões garantindo o seu futuro e o de mais três ou quatro gerações (isto é, se algum dia tivesse filhos). Afinal, Scott era um solteirão convicto e decidira focar sua vida na carreira.

Ele tinha desistido de tocar em bandas (os integrantes viviam choramingando sobre o agendamento dos ensaios e pagamentos) e resolveu correr atrás de uma carreira em produção e engenharia de som. Era ainda muito jovem para produzir, mas tinha um ouvido quase absoluto. Logo, sua presença era sempre muito bem-vinda em qualquer estúdio. Durante seus anos como guitarrista, tinha feito importantes contatos na cena musical de Nova Orleans e através deles começou a trabalhar em algumas sessões atrás da mesa de som.

Tudo estava indo muito bem. Toussaint não era apenas um cara legal e talentoso, mas o melhor dos profissionais. O álbum já estava quase terminado, mas ele precisava gravar outra versão de "Southern Nights" com um arranjo diferente como um bônus para o mercado japonês. Estava demorando mais do que o normal para ele conseguir o que queria, mas finalmente conseguiu. A sessão acabou, e todos foram para casa. Scott estava alegre, mas cansado, já que estava no estúdio desde as onze da noite do dia anterior e já era quase meio-dia. Antes de sair, ligou para "The court of two sisters" e reservou uma mesa. Por mais que estivesse cansado, sua fome era ainda maior.

Ao chegar, sentou-se no lugar reservado, pediu uma Dixie e foi pegar um pouco de *crawfish louise creole* e *jambalaya*[4]. Comeu com gosto, tomou mais duas Dixies e saiu. Morava na avenida Washington e, a caminho de casa, dentro do bonde que cruzava a avenida St. Charles, começou

---

4. *Crawfish louise creole* é um prato típico do tradicional restaurante "The court of two sisters" mas feito com o lagostim frito. *Jambalaya* é um dos pratos mais famosos de Nova Orleans. Um arroz com camarão, lagostim, frango, carne de jacaré e linguiça.

a pensar na sua vida, enquanto as belas casas com a típica arquitetura de antes da Guerra da Secessão e as árvores frondosas passavam pela janela. Por que, com todo o dinheiro que tinha, sentia-se incompleto, como se faltasse alguma coisa? Ele suspeitava saber a resposta, mas não queria aceitá-la e pensou: "Talvez eu esteja apenas muito cansado. Um banho gelado e uma boa noite de sono logo resolvem isso".

Scott tinha o hábito de ouvir música enquanto tomava banho. Após dar uma olhada em sua coleção de LPs, acabou escolhendo o álbum *A Day at the Races*, do Queen. Enquanto a água escorria por seu corpo exausto, a faixa "Somebody to Love" começou. E então ele finalmente percebeu que não podia mais negar: "É, não há como lutar contra isso; preciso de alguém com quem partilhar tudo o que eu tenho".

* * *

Boston, 3 de agosto de 1980.

Era um dia de calor incomum em *Beantown*[5]. Alguns moradores corriam pelo Common Park e outros tentavam encontrar mesas do lado de fora para almoçar nos restaurantes da Newbury Street. Apesar de os *clam chowders*[6] serem tão bons que dava vontade de comê-los até no verão, nesse dia todos pareciam dispensar o delicioso caldo quente. Nos esportes, as coisas pareciam boas para o basquete com os Celtics (que seriam campeões na temporada vindoura) e regulares para o hóquei com os Bruins (que perderiam para Minnesota na primeira rodada dos *playoffs*).

---

5. "*Boston Baked Beans*" ou feijões assados de Boston é considerado um prato nacional nos EUA. São uma variação dos *Baked Beans* feitos pelos indígenas americanos. Como Boston produzia muito melaço no século XVIII por causa da produção de rum, o melaço foi adicionado ao feijão, criando o *Boston Baked Beans*. Por isso, Boston é muito conhecida pelo apelido de "*Beantown*".
6. Muitas vezes traduzido de forma errada como ensopado de mariscos, *clam chowder* é uma sopa típica da região da Nova Inglaterra (nordeste dos EUA). Na verdade é feito com um fruto do mar muito mais semelhante ao nosso vôngole do que ao marisco. "*Clam*" é como se fosse um vôngole maior. Optei por deixar o nome original por uma simples escolha estética.

No futebol americano, os Patriots marcariam o número recorde de 441 pontos (que seria quebrado apenas 27 anos depois), mas terminariam fora dos *playoffs*. Já no beisebol os amados Red Sox continuariam mal. Mesmo mantendo o *catcher* Carlton Fisk[7] em seu elenco, eles terminariam a temporada com 83 vitórias e 77 derrotas e em último lugar em sua divisão.

Dentro do Museu de Belas-Artes, uma fanática torcedora dos Red Sox chamada Kate Flannegan estava sentada em um banco estofado, tomando notas em um caderno, enquanto admirava alguns quadros de Monet na ala de arte europeia. Kate vinha de uma abastada família de Massachusetts, dona de uma imobiliária que atuava por toda a Nova Inglaterra e lidava apenas com casas de luxo. A própria Kate morava com seus pais e sua irmã em uma mansão em Beacon Hill e passava a maior parte de seu tempo no museu (para o qual sua família fazia enormes e recorrentes doações), porque ela amava as obras dos grandes artistas e pretendia se formar em História da Arte. Mas hoje, por mais que ela amasse aquilo, também queria ver o jogo de beisebol. Fechou então seu caderno e foi para o Fenway Park[8], onde sua família tinha assentos privilegiados bem atrás do banco de reservas dos Red Sox.

Quando o jogo acabou (outra derrota, dessa vez para o Baltimore Orioles), a temperatura estava bastante agradável e Kate decidiu ir para casa a pé. Não era próximo, mas também não era muito longe. No caminho, se viu pensando: "Vou sentir saudade de tudo isso, mas estou pronta para o desafio".

Sim, Kate havia decidido que iria estudar História da Arte, mas não em sua amada cidade natal. Ela decidira estudar na Universidade Tulane, em Nova Orleans. Parecia uma escolha estranha, mas ela havia passado férias lá três anos antes e desde então a cidade povoava sua imaginação: toda a mistura de influências francesas, espanholas e caribenhas na arquitetura e na decoração, o som da Dixieland e as

---

7. O *catcher* é uma posição muito importante no beisebol. Carlton Fisk foi um *catcher* lendário que jogou no Red Sox em 1969 e de 1971 a 1980.
8. Estádio dos Boston Red Sox.

implicações "ameaçadoras" do vodu. Como ela havia amado a cidade e certamente queria passar algum tempo lá, pensou que podia muito bem fazer isso durante a faculdade, unindo o útil ao agradável.

* * *

Assim que chegou a Nova Orleans e iniciou seus estudos, Kate fez muitas amigas, com as quais costumava sair toda sexta-feira à noite; gostavam principalmente de ir ao Pat O'Briens para tomar *mint juleps*[9] e paquerar um pouco. Kate era uma mulher muito atraente, com profundos olhos azuis e cabelo negro como as asas de um corvo. Seus seios eram perfeitos, suas pernas muito bem torneadas (adorava fazer exercícios) e com certeza chamava atenção.

Uma noite no Pat, ela se dirigia ao banheiro feminino quando, de repente, um cara parou à sua frente, como se tivesse brotado do chão. Ele não era exatamente baixinho, mas dava para ver que estava abaixo da média, tinha olhos negros e cabelos castanho-claros. Usava a camiseta de uma turnê antiga do Aerosmith e jeans bem gastos, e parecia bem simpático. Ele perguntou:

— Senhorita, por acaso você viu o Scott Lafitte por aí?

— Quem? Eu não tenho a menor ideia de quem seja essa pessoa — ela respondeu o mais educadamente possível.

— Sou eu, muito prazer! — Scott não era exatamente ótimo com cantadas, mas essa ele tinha ouvido de um velho trompetista de *jazz* com quem trabalhara em uma sessão há algum tempo, e tinha gostado muito.

E, para falar a verdade, Kate também gostou. Ela riu e disse que essa era boa, mas se ele quisesse realmente falar com ela, teria que desculpá-la porque precisava ir ao banheiro com urgência, mas prometeu encontrá-lo mais tarde na parte externa perto das arandelas.

---

9. *Mint julep* é um drinque muito tradicional em Nova Orleans, feito à base de Bourbon e menta.

Scott imaginou que ela só estava sendo educada e que na verdade daria um furo nele. Foi até as arandelas com a certeza de que ela jamais apareceria, inclusive pensando em marcar em seu relógio um limite de dez minutos de espera. Caso não aparecesse (o que ele tinha certeza que aconteceria), iria embora e continuaria sua noite. Mas Scott, felizmente, estava enganado: Kate apareceu e eles logo começaram a conversar.

Era como se fossem feitos um para o outro. Ambos vinham de famílias ricas, mas eram pessoas bem simples que gostavam de arte, música e esportes. Se Kate podia prender a atenção de Scott falando sobre impressionismo, expressionismo ou cubismo, Scott podia contar-lhe histórias que ouvira de todo tipo de gente: de Ellis Marsalis a Jimmy Page. Eles conversaram a noite inteira, e Scott prometeu visitá-la na faculdade na segunda-feira.

Scott cumpriu sua promessa e foi vê-la. Eles andaram pelo campus, foram comer um típico frango frito da Louisiana no Popeyes e, quando Scott a levou de volta ao dormitório à noite, deu-lhe um beijo. Não que ele tivesse certeza de que seria correspondido, mas, apesar de apreensivo, resolveu tentar. Kate não só correspondeu, como sentiu que aquele momento poderia significar a promessa de um futuro feliz.

No fim de semana, Scott a levou a uma sessão de gravação de Harry Connick (pai do homônimo que ficaria mundialmente famoso anos mais tarde). Era um mundo absolutamente novo para Kate e ela adorou. No final da semana seguinte, já estavam apaixonados.

O casal vivia em harmonia. Aproveitando o fato de ambos terem dinheiro de família, passeavam e jantavam fora, viajavam pelo sul dos Estados Unidos, iam a exposições, jogos dos Saints e foram várias vezes a Shreveport visitar os pais dele e a Boston visitar os pais dela. Não havia dúvida de que se casariam, mas Scott queria esperar até Kate se formar, já que ele não queria interferir em nada que ela quisesse fazer.

Kate se formou quatro anos depois, e eles logo se casaram e foram morar em uma linda casa na avenida Napoleon, não muito longe de onde Scott vivia quando solteiro.

* * *

Certo dia, uma sessão de gravação em que Scott estava trabalhando terminou muito mais cedo que o esperado, e ele resolveu dar uma volta pelo centro. Foi até a Librarie Bookshop, na rua Chartres. Era uma livraria de usados de que Scott gostava muito, além de adorar o casal que era proprietário. Decidiu comprar um presente para sua esposa. Foi dar uma olhada nos livros de arte, quando se deparou com um chamado *A arte das bandeiras: uma análise artística das bandeiras do mundo*. Achou que era um assunto bem incomum e, como custava apenas dois dólares, comprou-o para Kate.

Assim que chegou em casa, deu-lhe o livro. Ela adorou. Também achou que era incomum e interessante e disse a ele, tentando conter um sorriso:

— Olha, também tenho algo para você, mas acho que vai gostar um pouco mais do meu, do que eu do seu.

— Sério? — perguntou, curioso. — O que é?

— Estou grávida.

— Meu Deus, Kate... Mas isso é... isso é... isso é incrível! Estou tão feliz!

Eles se abraçaram, se beijaram e quatro meses depois foram ao hospital para descobrir se era menino ou menina: era menino! Kate, pensativa, perguntou:

— Qual será o nome?

— Nós não amamos quando fomos ao cinema outro dia e assistimos *Purple Rain*? Eu acho que o nome deve ser Prince — sugeriu Scott. — Além do mais, sempre adoramos esse álbum!

— É uma ideia maravilhosa, Scott! Será Prince.

CAPÍTULO 2

Prince Flannegan Lafitte nasceu em Nova Orleans no dia 31 de março de 1985. Um bebê lindo com a cara redonda e olhos vivos. Era simpático com qualquer um que se aproximasse dele e com apenas dez meses já falava sua primeira palavra: babá. Teve uma infância bem feliz na cidade e desde cedo mostrou interesse em música e arte (o que não foi nenhuma surpresa, dado o histórico dos pais). Além do gosto pela música, herdara do pai a paixão pelos Saints e da mãe a paixão pelos Red Sox.

Entre os cinco e os seis anos, Prince começou a demonstrar certa obsessão pelo livro de bandeiras de sua mãe. Ele se sentava na poltrona da sala e, fascinado, olhava o livro por horas e horas. Depois de um tempo, seus pais resolveram desafiá-lo. Para isso usavam a última página do livro, na qual estavam estampadas todas as bandeiras do mundo. Eles tampavam o nome da bandeira com o dedo e perguntavam de qual país era. Prince acertava sempre. As bandeiras levaram aos países, os países levaram à Geografia e a Geografia levou à História. Assim, na escola, essas eram as disciplinas das quais Prince mais gostava e nas quais praticamente só tirava dez. Mas, além disso, ele amava ler sobre uma vasta gama de assuntos e ouvir todos os álbuns de *rock* possíveis, estilo do qual seu pai também gostava, apesar de ganhar a vida trabalhando com o pessoal de *blues*, *jazz* e R&B. Sua vida doméstica era maravilhosa, embora fora de casa se sentisse um pouco deslocado em meio à agitação e à loucura da cidade.

* * *

Quando Prince estava no último ano do Fundamental II, seu pai estava trabalhando em uma sessão com um baterista que havia tocado com Bob Mould — famoso pelo Husker Dü — em sua outra banda, o Sugar.

O músico gostou tanto de Scott que disse que o recomendaria para Bob, e assim o fez. Alguns dias depois, Bob ligou para Scott e pediu-lhe para ser seu produtor em um álbum solo. Para isso, porém, teria que ir a Minneapolis. Scott falou quanto cobrava e Bob concordou em pagar.

Ele pegou o avião para as Twin Cities[10], com escala em Dallas/Fort Worth, e ao chegar ao aeroporto em St. Paul foi recebido por Mould em pessoa.

— Bem-vindo, Scott, é uma honra trabalhar com você. Podemos começar imediatamente?

— Claro, também estou muito empolgado. Só preciso deixar minhas malas no hotel e podemos começar.

Bob levou Scott ao Radisson Plaza Hotel na Sétima Avenida, em Minneapolis. Scott fez seu *check-in*, foi até seu quarto e literalmente jogou suas malas na cama. Ele estava muito animado com esse trabalho, mas antes de sair para o estúdio ligou para Kate para dizer que tudo estava bem e eles já começariam a trabalhar. Desceu, pediu uma garrafa de Coca-Cola na recepção e se reuniu com Mould para irem ao estúdio.

A sessão foi muito tranquila no primeiro dia. E no próximo, e no seguinte e em todos os dias em que eles trabalharam.

Depois da última sessão, todos os integrantes da banda e da equipe do estúdio saíram para celebrar o final do álbum. Foram jantar no Murray's, para comer a melhor carne da cidade. O restaurante era incrível. O corredor que levava à parte principal, onde estavam as mesas, era cheio de fotos das muitas personalidades que haviam estado ali: Gene Simmons, Reggie Jackson, Warren Moon, Justin Morneau, Billy Joel e muitas outras.

Depois do jantar e antes de pedirem a sobremesa, um pequeno homem com cabelo grisalho, olhos verdes e brilhantes e a pele muito clara apareceu à cabeceira da mesa. Bob Mould deu um sorriso carinhoso e disse:

---

10. Minneapolis e St. Paul são consideradas cidades-gêmeas do estado de Minnesota e dividem o mesmo aeroporto.

— Atenção, todos: é com grande prazer que apresento a vocês o diretor da Comissão de Artes de Minneapolis, o senhor John Dale.

Todos à mesa cumprimentaram o senhor Dale com entusiasmo. Ele agradeceu e pediu permissão para se sentar. Puxou uma cadeira, sentou-se e começou a falar:

— Senhores, devo dizer que estou muito honrado em estar aqui falando com vocês esta noite. É de entendimento da comissão que Bob é uma das figuras mais proeminentes no mundo da música e das artes em geral, e temos muito orgulho por ele ter feito faculdade em nossa cidade. É como se ele tivesse sido adotado pelo nosso estado. Quando me disse que estaria no Murray's com todos os que trabalharam em seu novo álbum, achei que seria uma boa ideia vir até aqui e cumprimentá-los pelo término do trabalho. Eu sei como é difícil terminar um disco, por ser eu mesmo um guitarrista amador. Além do mais, ele me disse que há alguém aqui com um talento especial que eu devo conhecer e que poderá me ajudar com algo bastante importante. Quem é o senhor Scott Lafitte?

Scott ficou assustado, primeiro porque não achava que tinha algum talento especial e segundo, mesmo que ele tivesse, qual seria sua utilidade para a Comissão de Artes de Minneapolis? Enfim, tudo isso passou por sua cabeça em um nanossegundo e ele apenas levantou a mão, um pouco tímido, e disse:

— Sou eu, senhor.

— É ótimo conhecê-lo, senhor Lafitte. Bob me disse que você é uma pessoa sensacional, tem um ouvido quase absoluto; sua casa vive e respira arte, por sua esposa ser *marchand*; e você possui um dom especial para lidar com pessoas. Estou correto, senhor Lafitte?

O rosto de Scott enrubesceu, ele ficou muito envergonhado.

— Deus, eu não sei. Talvez… Estou muito lisonjeado com todos esses elogios. A parte sobre a minha casa é bem precisa. E, por favor, me chame de Scott — e virando para o lado falou entre dentes: — Bob, eu vou matar você por causa disso.

Bob apenas riu.

— Enfim, Scott, quando você volta para casa? — perguntou o diretor.

— Pego o avião amanhã à noite, senhor.

— Me chame de Joe. Você sabe onde é o Guthrie Theater?

— Sim, e devo dizer que é um lugar maravilhoso, Bob me levou lá para uma visita.

— Legal. Você pode me encontrar lá amanhã, às onze da manhã em ponto?

— Claro, sem problemas.

— Excelente. Até amanhã, então. Senhores, parabéns mais uma vez, tenham uma boa noite — o senhor John Dale se levantou, apertou a mão de Bob Mould e saiu do Murray's.

Scott ainda estava impressionado com tudo o que acontecera, mas ansioso pelo dia seguinte. Antes de sair da mesa para voltar ao hotel, perguntou a Bob o que o diretor queria com ele. Bob disse:

— Desculpe, eu não posso contar. Mas é coisa boa, e imagino que você vá gostar bastante. Portanto, durma bem e não se preocupe. Você quer que eu te pegue amanhã para ir ao Guthrie?

— Não, não precisa. Dá para ir a pé tranquilamente. Além disso, quero dar uma olhada melhor no Jardim das Esculturas.

— Ok. Boa noite e obrigado por tudo nesses últimos dias. Como eu esperava, você é realmente talentoso. Na verdade, muito mais do que eu esperava.

— Obrigado, o prazer foi meu — disse Scott, mais uma vez com as bochechas vermelhas devido a todos os elogios.

Recusou todas as ofertas de carona para o hotel e preferiu ir andando. Ele passara a gostar muito de Minneapolis. A cidade era calma e linda. Não que não gostasse da loucura e da originalidade de Nova Orleans, ele a amaria por todo o resto de sua vida e era sua cidade natal, mas tinha sido bom mudar seu ritmo de vida por um tempo, a despeito da enorme saudade que sentia de Kate e Prince.

Chegou ao hotel tenso e ansioso e decidiu ligar para casa e falar com Kate, para saber o que ela achava de tudo o que tinha acontecido.

Ele havia bebido uma boa quantidade de um delicioso vinho da Robert Mondavi no jantar, mas já estava sóbrio como um bispo. Era mais de meia-noite em Nova Orleans, mas sabia que podia ligar para casa porque Kate sempre dormia tarde e Prince estava de férias.

— Alô?

— Oi, querida.

— Oi, como estão as coisas? Estou com muita saudade! Como foi a última sessão? E o jantar?

Kate estava claramente empolgada em falar com seu marido.

— Foi tudo ótimo, Kate. Todos eram superprofissionais e o jantar foi magnífico, comi um dos melhores filés da minha vida. Depois do jantar, o diretor da Comissão de Artes de Minneapolis apareceu por lá. Foi meio esquisito, mas legal.

— Uau! Então vocês são importantes mesmo! Mas como assim, esquisito?

— Bom, eu não sei o que o Bob falou de mim, mas ele me elogiou na frente de todo mundo como se eu fosse o George Martin.

— Oh, querido, você é realmente diferente da maioria das pessoas, que não aguentam críticas. Já você… não aguenta elogios.

— É, mas tem mais coisa…

— Me conta. Scott, o que aconteceu? Você está soando incerto de repente…

— Sim, é porque ele quer me encontrar em um lugar maravilhoso chamado Guthrie Theater amanhã, e eu não tenho ideia do que ele quer comigo.

— Scott, escute: se ele gostou de você da forma como você falou, deve ser coisa boa. Agora pare de se preocupar e tenha uma boa noite de sono. Me ligue amanhã para contar como foi. Te amo.

— Também te amo, querida. E o Prince?

— Está muito bem. Hoje foi até a Magic Bus lá na Decatur comprar uns CDs usados. Agora vá dormir e não se preocupe. Boa noite.

— Boa noite.

Depois de falar com Kate, Scott sentiu-se mais relaxado. Assistiu à primeira parte de um especial da PBS sobre Thomas Jefferson e foi dormir. No dia seguinte, acordou e colocou seu jeans surrado e uma camiseta *vintage* de um show do Dio. Ele adorava usar camisetas *vintage* de shows quando precisava fazer algo importante, porque acreditava que traziam sorte.

Estava um dia maravilhoso, céu azul e nenhuma nuvem à vista. Scott tinha acordado muito mais cedo do que precisava, porque queria andar um pouco na West River Parkway para dar uma olhada no Mississippi. Enquanto ele andava, sua mente vagou olhando para o *Old Miss*. Lembrou-se de ler *As Aventuras de Huckleberry Finn* quando garoto e ficou impressionado ao pensar que aquele mesmo rio fazia todo o caminho até sua cidade natal. O Mississippi era realmente uma das maravilhas da geografia americana, e talvez o contato com algo que lembrava sua casa, somado à camiseta *vintage*, lhe trouxesse ainda mais sorte.

Antes de chegar ao Guthrie, passou pelo Jardim das Esculturas e ficou embasbacado pela famosa *Spoonbridge and Cherry*[11]. Chegou ao Guthrie exatamente às onze horas (prezava muito sua pontualidade), e o senhor Dale já estava à sua espera.

— O Bob me falou que você era pontual — ele disse com um sotaque que ainda tinha algo de irlandês.

— Eu odeio deixar as pessoas esperando, porque odeio esperar.

— Certo. Bem, você disse que Bob já lhe mostrou o teatro, portanto não há nada novo para você, mas vamos a um lugar com privacidade para ficarmos mais à vontade.

John levou Scott a uma sala elegante na parte administrativa do prédio. As maçanetas eram douradas, havia sofás de veludo nos cantos e vasos cheios de lindas glórias-da-manhã enfeitavam o local. A mesa de centro era toda decorada com motivos barrocos e sobre ela havia alguns livros

---

11. O Jardim das Esculturas é um dos principais pontos turísticos de Minneapolis, e sua escultura mais famosa é uma colher gigante com uma cereja na ponta. Se tiver curiosidade, uma simples busca na internet mostrará a imagem.

sobre arquitetura e pintura e uma biografia de Handel. Scott e John sentaram-se cada um em uma cadeira marquesa e John iniciou a conversa.

— Scott, como é sua vida em Nova Orleans?

— É maravilhosa, John. Tenho um ótimo trabalho, uma mulher sensacional e um filho mais sensacional ainda.

— Quantos anos tem seu filho?

— Quinze, está ingressando no Ensino Médio.

— E ele tem muitos amigos lá?

— Olha, não muitos. Ele adora ficar em casa e ler o tempo inteiro. Quando não está fazendo isso, acompanha alguns esportes, especialmente os Saints e os Red Sox, paixões que herdou de mim e de sua mãe, respectivamente. Ele também ouve muito *rock and roll*, o que também é minha "culpa" — ele disse fazendo sinal de aspas com as mãos. — É isso.

— E sua esposa? Ela é *marchand*, como é a vida para ela?

— Razoavelmente boa, ela tem alguns clientes e está sempre atrás de coisas novas.

— Esta é uma pergunta delicada, mas eu preciso fazer: quanto vocês ganham, somando você e sua mulher?

— Ah, eu não me sinto constrangido com esse tipo de pergunta. Nós conseguimos faturar uns trinta mil, em um mês que eu tenha muitas sessões. Mas vou ser totalmente honesto com você: eu e minha esposa não precisamos do dinheiro, ambos temos a sorte de ser de famílias abastadas.

— Sério? Isso é sensacional. E quanto a suas ambições profissionais, você conseguiu tudo que sempre quis?

— Não tudo, mas uma boa parte, sim.

— A música é seu único interesse profissional?

— É o principal, mas sou fanático por artes. Acho que por isso casei com minha mulher. Gosto de teatro, cinema, pintura, tudo o que você falar.

— Excelente. Olha, eu pedi pro Bob não te contar nada, mas estamos mudando nossa equipe de administração aqui no Guthrie. Preciso de pessoas mais jovens e de alguém de quem eu goste e em quem possa confiar. Você gostaria de vir para Minneapolis e se tornar o diretor artístico do Guthrie Theater?

Scott engoliu seco, respirou fundo, coçou a cabeça e disse:

— É tentador, mas eu não sei. É certo que preciso discutir isso com a minha mulher e também ver como meu filho reagiria.

— Entendo perfeitamente! Volte para Nova Orleans e discuta com sua família. Tem dez dias para decidir. Mas deixe-me tranquilizá-lo: você moraria em um dos melhores bairros de Minneapolis, tenho milhares de contatos para apresentar à sua mulher e seu filho estudaria na melhor escola da cidade. Tudo isso já está encaminhado; além do mais, é garantido que você ganharia cinco vezes mais do que você ganha atualmente. Dou-lhe minha palavra. E você e seu filho ainda podem torcer para os Saints e para os Red Sox, apesar de estarmos no território dos Vikings e dos Twins, e quem sabe vocês comecem a torcer para o Wild e os Wolves[12].

Scott riu, animado.

— Certo! É uma proposta muito, muito boa. Pensarei sobre ela no avião hoje à noite e falarei com a minha família amanhã. Eu te dou uma resposta em muito menos de dez dias.

— Excelente, eu espero seu contato.

John e Scott se despediram e Scott foi para o hotel para fazer as malas antes de voltar para casa.

A bordo do avião, Scott ponderou todos os prós e contras de uma mudança para Minneapolis. Ele adorava seu trabalho em Nova Orleans e, como havia dito a John, jamais trabalhara por dinheiro. No entanto, por mais que adorasse trabalhar como produtor/engenheiro de som, ampliar seus horizontes artísticos não era uma má ideia. E talvez fosse a chance de sua esposa ter uma vida mais animada e, quem sabe, talvez a mudança ajudasse Prince a ser mais sociável. Ele estava determinado a aceitar o acordo, mas precisava da opinião deles.

---

12. Respectivamente, times de hóquei e basquete do estado de Minnesota.

Quando desembarcou no aeroporto internacional Louis Armstrong, sua mulher já esperava por ele. Abraçaram-se longamente, deram um beijo apaixonado e foram para o carro.

— E aí, como foi ontem? — Kate perguntou, com a voz carregada de ansiedade.

— Bem, bom mesmo. Como está o Prince?

— Está ótimo, ontem à noite ele começou a ler um dos meus livros sobre museus do mundo e acho que ele não foi dormir antes das sete da manhã. Ele é uma bênção.

— É, esse é o meu garoto — disse Scott, orgulhoso.

— Mas, vamos, me conte. Quero saber tudo que aconteceu ontem. — Agora ela já estava ficando impaciente.

— Então, como eu te falei, fui a esse lugar maravilhoso chamado Guthrie Theater para me encontrar com o diretor da Comissão de Artes de novo, e ele me levou para uma sala linda e elegante, na qual eu não havia estado da primeira vez que estive lá com o Bob. Ele perguntou sobre minha vida aqui, sobre você e sua vida, o Prince e a vida dele… — Scott parou um pouco, ainda mais titubeante do que dois dias atrás no telefone.

— Tá, ele fez todas essas perguntas e… — Kate, distraída com a conversa, quase perdeu a saída que ia para o centro da cidade.

— Bom, ele me ofereceu o cargo de diretor artístico do teatro. Eu teria salário garantido de 150 mil por mês e viveríamos num ótimo bairro em Minneapolis. Ele disse que pode apresentá-la a muitas pessoas importantes do círculo das artes na cidade e que Prince iria para a melhor escola possível. Fiquei tentado a aceitar na hora, mas hesitei um pouco e finalmente disse que precisava falar com vocês. E eu preciso da sua opinião sobre isso como preciso de ar para respirar… — Scott ficou aliviado de ter dito tudo tão prontamente.

— Amor, não vou hesitar nem um pouco, não tenho a menor dúvida do que fazer. Vou começar a arrumar as malas assim que chegarmos em casa. Não dá para recusar, será bom para todos nós. E desconfio que para o Prince seja ainda melhor. É um lugar muito mais calmo, e talvez lá ele se sinta mais à vontade. Nós todos amamos Nova Orleans e sempre amaremos, mas essa mudança pode ser muito boa também. Além do mais, dado o inverno rigoroso de lá, poderemos sempre voltar para cá para as festas de fim de ano e os primeiros dias de janeiro. Isso quer dizer que nós vamos, mas não precisamos vender nossa casa aqui.

— Não, não vamos vender de jeito nenhum. Mas me deixe falar com Prince. Eu sei que ele não vai ficar pulando de felicidade por não poder ir ao Superdome quando a temporada de futebol americano começar.

Eles acabavam de chegar em casa.

— Claro, fale com ele — disse Kate, sorridente. — Ele é um garoto inteligente, e vai entender. Só mais uma coisa: você conseguiu ver a estátua da Mary Tyler Moore? Você sabe como eu a adoro! Fica em algum lugar em que posso ir sempre que quiser quando formos morar lá?

Scott riu.

— Sim, querida, eu vi a estátua. Fica no centro da cidade, na Nicollet Mall, que é a rua principal do comércio. — Ele acabara de tirar a bagagem do porta-malas. Kate estava muito feliz com a notícia que acabara de receber.

— Além do quê, tudo isso fecha o ciclo. O Prince que inspirou o nome do nosso Prince não é de Minneapolis? — perguntou Kate, com evidente felicidade.

Scott pensou um pouco e sorriu.

— É, é, sim. Eu não tinha me lembrado disso. — Entrou em casa e imediatamente chamou o filho, que veio correndo de seu quarto.

— Pai! E aí, como foi? Você teve a chance de ir ao Metrodome[13]?

— Infelizmente não, só deu para passar ao lado. Olha, P — Scott tinha o costume de chamar seu filho apenas pela inicial —, temos que ter uma conversa séria.

---

13. Na época, o estádio dos Minnesota Vikings. Atualmente o time joga no US Bank Stadium, localizado no mesmo lugar.

Prince ficou assustado.

— O que foi que eu fiz?

— Nada, nada. É algo que nós todos vamos fazer juntos e eu preciso te contar e te fazer entender.

— Manda ver.

— Vamos nos mudar para Minneapolis. Eu recebi uma oferta que não posso recusar. Será bom para todos nós, e sua mãe também poderá melhorar profissionalmente. E, quem sabe, talvez até mesmo para você? Acho que um lugar menos maluco seria interessante.

Prince não pulou de alegria, mas também não ficou muito triste. Ele amava Nova Orleans, mas aquela atmosfera de festa todos os dias e noites não combinava muito com ele, que era discreto e gostava de ficar em casa lendo e ouvindo música. Odiava o *Mardi Gras*[14], o que dizia muito sobre sua personalidade. Porém, os Saints eram o amor de sua vida, e isso seria difícil deixar para trás. Foi essa, na verdade, a única reclamação que fez ao pai.

— Pai, e os Saints? E nossos ingressos para a temporada?

— Bom, sobre notícias e o dia a dia, você não precisa se preocupar. Acho que você não se esqueceu da internet, né?

— Claro que não, mas não é a mesma coisa. E nossos ingressos?

— Não, não é, mas você se acostuma. Com relação aos ingressos, ainda podemos usá-los para os jogos do fim de dezembro, quando faz um frio horrível lá. Provavelmente vamos querer voltar para cá, e então você pode ir aos jogos com sua mãe. Eu não sei o quanto eles vão precisar de mim em dezembro e janeiro, mas tenho certeza que poderei vir para pelo menos um dos jogos de fim de ano e para os *playoffs*... *Se* e *quando* os Saints voltarem aos *playoffs*.

Prince ainda ficou um pouco chateado, mas disse:

— Ok, se é para o bem de todos nós, vou me esforçar ao máximo para me adaptar. Mas já que nunca torcemos de verdade para um time

---

14. Festa típica de Nova Orleans que ocorre na terça-feira de Carnaval. A tradução literal do francês é "Terça-Feira Gorda".

de hóquei e de basquete, podemos conseguir ingressos para toda a temporada dos jogos do Wild e dos Wolves?

Os olhos de Scott brilharam, porque era exatamente o que John havia dito.

— Sim, P, isso nós podemos conseguir.

Foi o bastante para Prince, que voltou ao seu quarto para ler sobre a história das bandeiras pela enésima vez.

CAPÍTULO 3

Scott havia voltado de Minneapolis no início de agosto e já no começo de setembro estava a caminho do novo lar com sua família. Como de costume, dinheiro não era problema e eles puderam despachar todas as suas coisas de avião diretamente de Nova Orleans.

A nova casa era ainda maior do que aquela na *Crescent City* e estava localizada em Cathedral Hill (o mesmo bairro onde Scott Fitzgerald havia morado). Os Lafitte foram viver em uma casa vitoriana de dois andares, com um telhado de mansarda e cercada de canteiros de flores e um telhado de mansarda. As vigas na varanda da entrada eram de madeira de lei, e o corredor principal tinha um pé-direito muito alto. Todos os quartos do segundo andar tinham janelas tipo *bay window* e a cama do quarto principal, que seria do casal, possuía um dossel. O chão do quintal de trás era de lajotas e estava cheio de vasos com hibiscos, grandes samambaias, malvas-rosas e copos-de-leite. Havia também duas grandes cerejeiras que faziam uma sombra deliciosa.

Prince já havia perdido sua primeira semana de aulas na nova escola, mas nem ele nem seus pais estavam preocupados, porque ele era um garoto inteligente e isso não o prejudicaria nem um pouco. Estavam, sim, um pouco apreensivos sobre como ele se ambientaria com os novos colegas, afinal seria o aluno novo na escola nova, e todos sabem como adolescentes podem ser cruéis nessa situação.

Foi para o colégio um pouco ansioso, mas, enquanto esperava pelo início de sua primeira aula, notou que ninguém tomou conhecimento dele. Era como se estivesse lá desde sempre e fosse um deles, e isso fez com que se sentisse em casa.

Quando tocou o sinal para o primeiro intervalo, Prince foi à lanchonete da escola e se sentou em uma mesa, sozinho. Estava comendo um *muffin* de blueberry e tomando uma latinha de Coca-Cola quando um garoto de aparência latina se aproximou dele.

— Oi, acho que eu nunca te vi aqui antes. Você é novo?

— Sim, hoje é meu primeiro dia — disse Prince com um pouco de medo do que poderia acontecer. — Acabei de me mudar de Nova Orleans.

— Sério? Que legal! Eu sou Tony Escovedo, qual o seu nome?

— Prince Lafitte. Prazer.

— O prazer é meu. Do que você gosta, Prince? Videogames? Esportes? Música? Meninas?

— Principalmente esportes e música, claro que gosto de meninas, mas estão longe de ser uma prioridade.

— Elas são a minha prioridade com certeza — disse Tony, com um sorriso malandro. — Que tipo de música você gosta?

— Sou bem eclético, para falar a verdade. Meu pai é engenheiro de som e produtor musical, então tem música tocando em casa o tempo todo. Mas quando eu vou para o meu quarto para ouvir algo é sempre *rock* e metal.

— Opa, então acho que seremos bons amigos. Agora já faz dois anos que toco guitarra, tenho uma Gibson SG, igualzinha à do Tony Iommi do Black Sabbath. Você toca alguma coisa?

— Não, só adoro ouvir e gosto muito de ler sobre o assunto. Revistas, livros, qualquer coisa.

— Tudo bem, isso também é legal. Você gosta bastante de esportes? Torce para quais times?

— Sou fanático, torço para os Saints e para os Red Sox.

Tony soltou uma gargalhada tão alta que Prince achou que a escola inteira ia ouvir.

— Então você nunca viu nenhum de seus times ser campeão. Seja um Super Bowl ou uma World Series[15]!

Prince se irritou um pouco.

---

15. Respectivamente, as finais do futebol americano e do beisebol.

— Você torce para os Vikings, imagino?

— Sim, é claro.

— Até onde eu sei, os Vikings também nunca ganharam um Super Bowl e os Chiefs de 69, os Dolphins de 74, os Steelers de 75 e os Raiders de 77[16], todos mandaram um abraço para você.

— Verdade, mas os Twins[17] foram campeões em 87 e 91 e vocês estão há 81 anos na fila.

— Aí você me pegou. Mas ainda temos o estádio mais charmoso dos Estados Unidos. Aliás, minha mãe tem cadeiras atrás do banco de reservas do Red Sox no Fenway.

— Isso é demais. Sua mãe é de Boston?

— Sim.

— Então a culpa é dela — Tony riu novamente, bem-humorado. — Estou brincando. Não ligue muito para mim quando eu falo essas coisas. Gosto de provocações saudáveis. E basquete e hóquei? Provavelmente Celtics e Bruins?

— Tenho simpatia por esses times, mas não é que eu torça para eles. Estava até falando com meu pai sobre isso antes de nos mudarmos. Se vamos ficar aqui para sempre, então provavelmente vamos torcer para os Wolves e o Wild.

— Aí sim! — Tony deu um sorriso de aprovação e levantou a mão, num tradicional *high-five*.

— Estamos pensando em conseguir ingressos para a temporada inteira de ambos.

— Está com sorte. Herdei do meu avô três assentos em ótimos lugares, tanto no Target Center quanto no Xcel Energy Center[18], e como não conheço ninguém que goste de esportes como você e eu, podemos ir aos jogos juntos, nós dois e seu pai.

---

16. Times que venceram e eliminaram os Vikings nos anos citados.
17. Minnesota Vikings e Minnesota Twins são, respectivamente, os times de futebol americano e beisebol do estado de Minnesota.
18. Target Center é o ginásio onde joga o Minnesota Timberwolves, e o Xcel Energy Center é a arena onde joga o Minnesota Wild.

— Não sei o que dizer. É incrível que a gente tenha acabado de se conhecer e você já me ofereça algo assim.

— Acho que é por causa do meu sangue latino. Temos muito em comum, então é fácil ficar seu amigo.

Depois disso, Tony e Prince se tornaram melhores amigos. Eles iam à casa um do outro, e Prince ficou impressionado com a rapidez com que Tony estava se tornando um ótimo guitarrista. Scott adorava receber Tony para churrascos e jantares, e Tony adorava ouvir as histórias de estúdio de Scott.

Outra coisa que fascinava Prince sobre Tony era como ele era praticamente irresistível para as garotas. Toda vez que ele contava para o amigo sobre uma nova garota com quem estava saindo, Prince ficava impressionado e sempre se lembrava dele dizendo que meninas eram uma prioridade em sua vida. Talvez fosse seu charme latino. Já Prince era mais discreto, nem mesmo seus pais ou Tony lhe perguntavam ou o importunavam sobre sua relação com elas. Até onde sabiam, ele não queria falar sobre isso.

Quando os Saints conseguiram a primeira vitória de sua história nos playoffs e derrotaram o Rams para enfrentar os Vikings na semifinal da NFC (National Football Conference)[19] em 2000, a amizade ficou por um fio. O jogo seria realizado no Metrodome em Minneapolis, mas nem Prince nem seu pai quiseram ir, apesar de Tony ter oferecido ingressos. Eles sabiam que as chances eram mínimas e não queriam testemunhar um massacre pessoalmente. Os Vikings venceram por 34-16, e Tony não resistiu a tirar um sarro de Prince. Porém, como um bom amigo, assim que Prince se irritou de verdade, ele parou.

Quase dois anos haviam se passado e eles eram inseparáveis. A não ser quando Tony saía com suas namoradas de dois ou três meses, eles estavam sempre juntos. Um dia, em novembro de 2001, Prince chegou na escola e encontrou Tony bastante empolgado:

---

19. A NFL, liga de futebol americano, é formada por duas conferências: a NFC (National Football Conference) e a AFC (American Football Conference). Os campeões das duas se enfrentam no Super Bowl.

— Prince, tenho uma proposta para você e seu pai: o time de basquete da escola tem um jogo importante nessa quarta-feira, e se ganharmos vamos disputar o título estadual. Como você sabe, nunca me empolguei muito com nosso time de basquete, mas este ano o time é bom. Você e seu pai têm que vir conhecer nosso pivô, Hugh Porter. Ele é meu amigo e também é fanático por música. Nos outros anos ele jogava praticamente sozinho, mas este ano temos alguns outros bons jogadores, e ele está brilhando ainda mais e é a razão de termos chance de brigar pelo título. Consegui três ingressos, o que me diz?

— Tô dentro, Tony. Só preciso ver com meu pai se ele não tem que trabalhar. Se ele não tiver, tenho certeza de que nós vamos.

Por sorte, na quarta-feira Scott só precisava ficar no teatro até as quatro da tarde, e o jogo era à noite. Às sete horas, ele, Prince e Tony estavam no lotado ginásio da escola para a partida.

Imediatamente, Prince notou um garoto negro muito mais alto do que todos os outros se aquecendo:

— Quem é aquele?

— É o Hugh. Você não vai acreditar em como ele joga. Está no último ano e já tem convites para jogar em North Carolina, Duke e Michigan State[20]. Fique de olho.

A habilidade de Hugh Porter na quadra era fascinante. Ele dominou o jogo como se já fosse um jogador universitário contra garotos do Fundamental II. O time da casa venceu e ele terminou com 25 pontos, 13 rebotes, 7 assistências e 3 tocos. Uma performance do nível dos melhores do país naquela faixa etária.

Depois de Hugh falar com todos os veículos da mídia local que estavam lá para vê-lo jogar, ele viu Tony perto das arquibancadas e foi falar com ele:

— Tony, meu querido, como vai? O que achou?

— O que eu achei? Estou boquiaberto que você ainda consiga me impressionar, foi uma atuação para entrar para a história.

---

20. Universidades que têm programas de basquete muito bons e famosos.

— Valeu, irmão. Você é sempre muito legal, mas admito que hoje estava inspirado.

— Olha, Hugh, há duas pessoas aqui que eu quero que você conheça. Este aqui é Prince Lafitte e este é o pai dele, Scott.

— Muito prazer. Peraí, como assim, Lafitte? Scott Lafitte? *"O"* Scott Lafitte?

Scott ficou surpreso.

— Bom, eu não sei o que você quer dizer com *"o"*, mas é o meu nome.

— O senhor é engenheiro de som e produtor? — Hugh estava claramente empolgado.

— Sim.

— Cara, sou um enorme fã seu. Eu sou baterista de *jazz* também. Tenho os álbuns em que você trabalhou com Allen Toussaint, Ellis Marsalis, Jason Marsalis, Roberta Flack e tantos outros. Meu Deus, que prazer em conhecê-lo! E você se chama Prince? Conhecendo seu pai, não me surpreende a escolha do nome. Você sabia que é filho de uma lenda?

— Bem, eu sei que meu pai é importante, já que não é a primeira vez que vejo alguém ter essa reação ao conhecê-lo.

Scott quase derramou uma lágrima ao ver um garoto tão jovem conhecer e admirar tanto os álbuns nos quais ele havia trabalhado.

— Puxa, obrigado, obrigado! Estou sem palavras. Nunca achei que as pessoas prestassem muita atenção em produtores, quanto mais engenheiros de som. Então, agradeço muito os elogios.

— Você está brincando? O som da bateria desses álbuns parece ser de outro planeta. Você é um mago do estúdio!

— Jesus — Tony disse —, pare, você está deixando o cara envergonhado!

Prince só dava risada.

— Não, não está — rebateu Scott. — De novo, agradeço muito. Mas hoje é você que merece todas as honras. Que atuação! Você tem um grande futuro e pode acreditar que virei aqui sempre que puder.

— Seria uma honra, senhor Lafitte. Mas como assim vir aqui sempre que puder? Estão morando aqui?

— Sim, nós nos mudamos há dois meses porque vim trabalhar como diretor artístico do Guthrie Theater.

— Isso é demais! Finalmente acertaram uma no Guthrie. — Hugh riu. — Estou brincando, há ótimas pessoas lá, mas essa foi uma grande escolha. O senhor…

— Me chame de Scott, por favor.

— Certo. Scott, posso ir até a sua casa algum dia desses? Eu adoraria ouvir suas histórias…

— Claro, a hora que quiser.

A cena era, na verdade, engraçada de ver. Um homem enorme como uma montanha, tão empolgado, alegre como um adolescente ao conhecer seu ídolo (bem, na verdade ele era um adolescente, mas parecia ter dez anos de idade naquele momento). Ele pulava como se estivesse atrás de um rebote ou realizando um arremesso.

Tony, que sempre estava a fim de uma festa, disse:

— Que tal celebrarmos sua atuação e este encontro no The News Room?

— Parece ótimo, só preciso tomar um banho e trocar de roupa — respondeu Hugh.

— Vocês, jovens, vão e divirtam-se. Preciso voltar para casa ou a Kate me mata. Venham nos visitar um dia desses, vocês dois. — Depois de beijar seu filho, Scott foi para o carro.

Prince e Tony esperaram Hugh tomar seu banho e depois foram para o carro de Tony para ir ao The News Room. Durante o trajeto, não conseguiam parar de falar sobre o jogo.

The News Room era um bar bem peculiar. Tinha uma parede exterior com tijolos à vista e do lado de dentro era decorado com manchetes e matérias históricas de jornais, ampliadas ao máximo. O centro, onde ficavam as bebidas alcoólicas, era a réplica de um deque de veleiro, com as velas de verdade, mastros, escotilhas, escadas de corda e tudo mais. Além disso, ficava aberto até a uma da manhã de domingo a quinta, e era uma noite de quarta-feira.

Logo que eles chegaram, Hugh foi cumprimentado por algumas pessoas que também estavam no jogo ou tinham ouvido sobre sua atuação no rádio ou no noticiário da TV local. Sentaram-se em uma mesa na frente de uma gigantesca reprodução da seção de cultura do *New York Times* que anunciava um concerto gratuito dos Rolling Stones. A garçonete veio até eles.

— Bem-vindos ao The News Room. Querem pedir as bebidas?

— Quero uma coca — disse Tony.

— Eu também — disse Prince.

— Vou querer uma limonada — disse Hugh. Ele era bastante consciente sobre querer se tornar um atleta profissional, logo, evitava refrigerantes.

— Prince, muitas desculpas. Fiquei tão empolgado em conhecer seu pai que nem falei com você direito. Prazer.

— Não precisa se desculpar, como eu disse antes, não é a primeira vez que acontece. As pessoas que conhecem meu pai (e não são muitas, porque, como ele disse, quase ninguém presta atenção em créditos de engenharia de som ou produção em álbuns) adoram falar com ele. Mas quero conversar com você sobre basquete. Qual seu jogador predileto?

— Bem, sou nativo daqui, então o que você acha? Com certeza Kevin Garnett. Ele é muito dominante e levantou os Wolves.

— Você já sabe para onde vai no ano que vem?

— Ainda não, mas estou pensando em escolher a Universidade de North Carolina. Só que, por favor, não comentem nada com ninguém. Fica só entre nós, certo?

— Nossas bocas são túmulos, certo, Tony?

Tony só passou seu dedo sobre os lábios fechados.

— E música? Já que é um baterista de *jazz* e dadas as referências que você deu ao meu pai, você obviamente ouve *jazz*. Alguma outra coisa? Algo de *rock*?

— Ah, sim, claro, sou músico, então ouço de tudo quanto é tipo de música. Você não vai acreditar nisso, mas gosto até de *grindcore*. Hoje mesmo eu comprei o *Scum* em CD. Eu só tinha em vinil.

Até Tony ficou surpreso com essa revelação.

— *Scum*? O primeiro álbum do Napalm Death, esse *Scum*?

— Sim, juro por Deus! Eu acho toda aquela barulheira pesada muito interessante, era bem inovador para a época.

Agora Prince estava se empolgando demais; metal era a sua especialidade.

— Foi mesmo, combinando influências de bandas como Crass e Amebix.

—Você é filho do seu pai, mesmo. Não existem muitas pessoas que saibam isso, parabéns. — Naquele momento, Hugh Porter sabia ter encontrado um amigo para a vida inteira.

— Metal é minha principal paixão, além de esportes. Mas esses são hobbies, pretendo estudar História na faculdade. E o engraçado é que eu me apaixonei pelo assunto por causa de bandeiras do mundo. Eu amo estudar as bandeiras do mundo.

— Isso é diferente, mas interessante — disse Hugh.

— É, eu sei, não sou um cara cem por cento normal, mas enfim… voltando para a música. E influências no seu estilo? Alguns bateristas favoritos?

Hugh pensou um pouco antes de responder.

— Na verdade tenho muitos, essa é difícil. Art Blakey, Jason Marsalis, Steve Smith, Phil Collins. Eu amo Living Colour, então Willie Calhoun é uma das minhas maiores influências. Vários caras de metal extremo também, como Pete Sandoval.

E assim a noite continuou. Dava para ver que havia uma irmandade se formando ali, com três pessoas com tanto em comum e uma aura tão boa. Era possível quase tocar a energia positiva que emanava da mesa.

Finalmente, pediram a conta e, enquanto esperavam, Prince disse:

— Quero fazer a vocês uma pergunta idiota, do nível de uma criança de dez anos. Por favor, não achem que sou maluco ou imbecil, é só uma curiosidade que eu tenho.

Tony e Hugh se entreolharam e disseram juntos:

— Manda.

— Certo. Se vocês pudessem escolher um superpoder que os tornaria pessoas muito, muito, especiais, qual vocês escolheriam? Vocês podem responder de forma infantil e dizer ficar invisível, voar, ter visão de raio X, qualquer coisa vale.

Tony pensou por um momento e disse:

— Prever o futuro. Daí eu ia ficar milionário com apostas em eventos esportivos, igual o Biff no futuro bizarro do *De Volta para o Futuro II*.

Hugh riu e disse:

— Teletransporte. Seria ótimo ir a qualquer lugar no mundo sem precisar de avião, navio ou carro.

— Eu admiro ambas as escolhas — disse Prince com determinação em sua voz. — Mas sabe qual seria a minha? Curar. Adoraria poder curar as pessoas de qualquer problema que elas viessem a ter. Sabe aquela parte da música do Iron Maiden, "Seventh Son of a Seventh Son", que diz "Ele tem o poder de curar"? É o que eu quero dizer. Todas as formas de câncer, Alzheimer, doença de Lou Gehrig, qualquer uma. Esse é o poder que eu gostaria de ter.

Os dois aquiesceram de forma alegre e a conta chegou.

— Vamos ver o quanto cada um de nós...

— De jeito nenhum — disse Prince. — Essa fica por minha conta, vocês não vão pagar nada.

Hugh Porter ficou bem surpreso.

— Pô, Prince...

— Nem adianta insistir, Hugh — disse Tony. — Quando ele coloca essas coisas na cabeça ninguém consegue convencê-lo do contrário. Já passei por isso.

— Muito obrigado, mano. Eu agradeço de verdade.

Prince pagou a conta e eles foram para suas respectivas casas.

Em março de 2001, o senhor Lafitte convidou Tony e Hugh para um fondue de queijo em sua casa. Ele queria ouvir em primeira mão para qual universidade Hugh decidira ir, antes do anúncio público, e ambos os garotos ficaram felizes em atender ao convite. Eles amavam a atmosfera da casa dos Lafitte, porque todo mundo estava sempre feliz e era inteligente, dava para conversar sobre qualquer coisa.

Quando Tony e Hugh chegaram, já dava para sentir o cheiro de queijo e ouvir "Porgy and Bess" de Gershwin a todo volume no aparelho de som. Prince abriu a porta, abraçou os dois e pediu a eles que entrassem. Scott já entrava na sala com três taças de vinho.

— Eu sei que de acordo com as leis de Minnesota vocês ainda não têm idade para beber álcool, mas uma taça de um bom *Chardonnay* não só não lhes fará mal como lhes fará bem, é provado pela ciência.

Tony e Prince pegaram as taças sem hesitação, mas Hugh titubeou um pouco. Para um cara que sequer tomava refrigerantes que não fossem *diet*, beber álcool dava um pouco de medo. Mas era só um copo e apenas para o brinde.

Scott chamou a todos para a sala de jantar, onde Kate já colocava os pratos, garfos e os pães para o fondue, e anunciou:

— Agora, quero fazer um brinde a Hugh, que vai para alguma universidade que ele vai nos contar qual é daqui a pouco e para o resto do mundo, no decorrer dos próximos dias. Parabéns! Que sua carreira seja brilhante e tomara que estejamos testemunhando o nascimento de um futuro *All-Star*[21] e campeão da NBA[22], além de membro do *Hall da Fama*[23].

— Isso! — todos saudaram em uníssono. Hugh se sentiu lisonjeado, mas um pouco envergonhado.

Prince disse:

— Certo, Hugh, estamos prontos para ouvir sua escolha.

No entanto, Hugh não queria revelar nada ainda.

— Vamos todos comer este fondue que parece tão gostoso e eu conto após o jantar. Vocês têm a minha palavra. Só quero alguma outra coisa

---

21. Um *All-Star* é um jogador que participa do jogo das estrelas, um amistoso com os melhores jogadores realizado na metade da temporada.
22. National Basketball Association — Liga de basquete americana.
23. O Hall da Fama é onde os melhores jogadores são eternizados.

para beber que não seja vinho, pode ser água. Uma taça de vinho é mais do que o suficiente para mim.

— Claro, Hugh. Temos limonada de romã na geladeira, sem açúcar, pode ser? Eu trago o adoçante — disse Kate.

— Está ótimo, obrigado, senhora Lafitte.

O jantar seguiu, Prince deixou o pão cair de seu garfo dentro do fondue algumas vezes por ser meio desajeitado, e eles falaram, falaram e falaram. Scott encantou Hugh com suas histórias de estúdio e especialmente das sessões com a cantora Irma Thomas, já que Hugh era um grande fã. Kate contou-lhes histórias de todos os episódios inacreditáveis que testemunhara no Fenway, incluindo o *home-run*[24] de Carlton Fisk[25], que bateu no limite entre a área de *home-run* e *foul ball*[26] no jogo 6 da World Series[27] de 1975 contra o Cincinnati Reds.

Os Lafitte já conheciam a família de Tony relativamente bem, uma vez que ele era amigo de Prince há algum tempo. O pai dele era filho de um imigrante da República Dominicana e tinha se tornado um arquiteto bem conhecido, e sua mãe era uma ótima cozinheira que chefiava um concorrido bufê na área de Minneapolis-St. Paul. Assim, eles pediram para Hugh contar um pouco mais sobre sua família.

— Bem — Hugh disse —, o nome da minha mãe é Samantha e ela é pediatra. Seu consultório fica em St. Paul e ela é bem conhecida entre casais com filhos pequenos. Se você perguntar a um casal com bebês na rua, é bem possível que eles tenham ao menos ouvido falar da doutora Samantha Porter. Ela mora em Minneapolis desde que nasceu, foi onde conheceu meu pai. O nome dele é Michael e ele também é

---

24. *Home-run* é a principal jogada do beisebol, quando a bolinha vai para o outro lado do muro.
25. Carlton Fisk jogou no Boston Red Sox entre 1969 e 1980.
26. Em todos os campos de beisebol, há um poste que delimita a área em que um *home-run* é válido ou que a rebatida é inválida (*foul ball*). Esse *home-run* de Carlton Fisk bateu exatamente nesse poste, dando a vitória ao Boston Red Sox.
27. A final do campeonato de beisebol, conhecida como World Series, é disputada em uma melhor de sete partidas. A ironia, nesse caso, é que mesmo após a vitória com esse *home-run* no jogo 6, os Red Sox perderam a final para os Reds no jogo 7 em Cincinnati.

originalmente de Minneapolis, por isso voltou para cá quando terminou seu período nas Forças Armadas; ele é fuzileiro naval aposentado. Esteve no Iraque na nossa primeira vez lá, mas graças a Deus voltou são e salvo. Também tenho um irmão mais velho, Harold, que trabalha para o Departamento de Estado Americano na equipe local para apoio de política externa. Basicamente, é isso — ele concluiu com um sorriso dos mais ternos.

Scott ficou intrigado e um pouco alegre por causa do vinho que estava bebendo.

— E como você começou a gostar tanto de música?

— Ah, tinha música pela casa o tempo inteiro, porque meus pais adoram e meu irmão mais velho até pensou em ser músico por um tempo. Ele é bom guitarrista, mas não queria seguir carreira, foi uma pena, já que ele tinha potencial.

— É, eu ouço essa mesma história muitas vezes, acontece com muitas pessoas. Ele é feliz com o trabalho dele?

— Sim, senhor, ele gosta do que faz.

— Isso é bom, espero que a sua escolha o faça tão feliz quanto a dele o fez, ou até mais. Para onde você vai, Hugh?

— Certo, é que a conversa estava tão boa que eu esqueci que havia prometido a todos um "furo" sobre a minha escolha. — Ele olhou para todos e disse: — Isso será uma surpresa para meus dois queridos amigos, mas vou para Duke! Com certeza quero ser um Blue Devil[28].

A família Lafitte e Tony gritaram em aprovação. Hugh tinha um potencial infinito como jogador, e, em um programa como o de Duke, sob a batuta de Mike Krzyzewski[29], esse potencial seria desenvolvido ao máximo.

No entanto, Prince perguntou:

---

28. Blue Devils é o nome dos times esportivos da Universidade de Duke.
29. Mike Krzyzewski, também conhecido como Coach K, é um dos maiores técnicos da história do basquete universitário americano e também foi técnico da seleção principal dos EUA.

— E North Carolina?

— Foi uma decisão muito difícil, mesmo. Mas acho que a possibilidade de trabalhar com Mike Krzyzewski era boa demais para deixar passar.

Estava ficando tarde, e Tony e Hugh tinham que ir embora. Scott deu um longo abraço em Hugh e o fez prometer que voltaria todo verão para um churrasco naquela casa. Hugh nem pestanejou em concordar, uma vez que adorava a família Lafitte. Quando seus amigos foram embora, Prince percebeu uma coisa: na mesma época no ano seguinte, ele e Tony estariam encarando a mesma situação. Onde fariam faculdade?

CAPÍTULO 4

Durante seu último ano no colegial, Tony e Prince acompanharam basquete universitário como nunca haviam feito. Estavam sempre assistindo aos jogos, checando os sites e discutindo a temporada. Como previsto, Hugh estava causando impacto e os Blue Devils iam bem.

Fora tudo isso, os dois basicamente conversavam sobre duas coisas: para onde eles iam no ano seguinte e os números de Barry Bonds[30] durante a temporada do beisebol. Quando a World Series chegou, ele transformou o San Francisco Giants em favoritos destacados ao título, mas perdeu a melhor de sete jogos por 4 a 3 para o Anaheim Angels.

Já em 2003, na época do *March Madness*[31], todos os amigos de Hugh torceram como malucos para Duke, mas o time perdeu no *Sweet 16*[32] para Indiana. Isso chateou Tony e Prince, mas as possibilidades futuras de Hugh mais do que compensavam. Toda a mídia nacional já especulava que ele se declararia elegível para o *draft*[33] da NBA. No entanto, Hugh já contara aos amigos mais próximos que queria ficar mais um ano em Duke.

O verão chegou, Hugh cumpriu sua promessa e foi até a casa dos Lafitte para um churrasco bem agradável no quintal. Scott instalara um sistema de som que fazia a música tocar em todos os cômodos. Quando chegou, a versão metal de "The Sound Of Silence" de Simon e Garfunkel feita pela banda Nevermore estava a todo vapor. Ele foi

---

30. Barry Bonds quebrou o recorde de *home-runs* na temporada, mas até hoje é contestado pelo alegado uso de anabolizantes.
31. "As Loucuras de Março" é o apelido dado à fase final do campeonato de basquete universitário americano.
32. As fases finais do *March Madness* têm os seguintes nomes: *"First Four"*, *"Round of 64"*, *"Round of 32"*, *"Sweet 16"*, *"Elite 8"* e *"Final Four"*.
33. O *draft* é um evento em que os times profissionais escolhem os jogadores universitários para integrar suas fileiras. Nessa época, era realizado no Radio City Music Hall em Nova York.

cumprimentado com alegria e elogios dignos de um *rockstar* pelos pais de Prince, que estava no banho, e por Tony.

— Parabéns por essa ótima temporada como calouro — disse Scott. — Sinto muito pela derrota no *Sweet 16*.

— Obrigado, obrigado por tudo. Esporte é assim mesmo, às vezes se ganha, às vezes se perde. Dói no começo, mas acaba passando.

— Prince nos contou sobre sua decisão de ficar mais um ano na faculdade. Não vou dizer que não ficamos surpresos, mas, como uma pessoa que se importa muito com educação, eu aplaudo de pé. Vários atletas que nós vemos poderiam ter ficado pelo menos mais um ano — disse Kate.

— É, foi influência dos meus pais. Eles foram bem convincentes ao insistirem para que eu ficasse pelo menos dois anos. Na verdade, isto foi decidido antes mesmo de eu sair do colégio e eu acho justo.

— É justo, mas eu já sonhava com todos nós em uma mesa no Radio City Music Hall esperando seu nome ser anunciado no dia do *draft*. — Era Prince, saindo da casa para o quintal com uma caneca de limonada de romã lotada de gelo. Era um verão de calor incomum em Minneapolis.

— Tudo bem? Há quanto tempo... Entendo sua ansiedade, mas faremos isso no ano que vem. E vocês? Para onde vão?

— Eu vou ficar aqui em Minneapolis, vou para a Universidade de Minnesota vestir marrom e dourado! — disse Tony.

— Vou para a Northeastern, em Boston, estudar História. Será demais viver em Boston por um tempo, e o campus é perto do Museu de Artes e do Museu Isabela Gardner. Não consigo imaginar um lugar melhor para estudar História.

— E ele pode aproveitar melhor meus assentos do Red Sox — disse Kate. Mesmo depois que saí de Boston, eu não queria vendê-los, então fazíamos questão de ir a alguns jogos, mesmo quando morávamos em Nova Orleans. Mas morando longe, não dá para ir a todos.

Hugh deu aquela risada natural e gostosa, típica dele.

— Tenho certeza de que ele não está reclamando disso, senhora Lafitte.

— Não estou mesmo, especialmente porque estou sentindo que esse é o ano. Agora vamos vencer. Estou falando: não tem para ninguém, a World Series é nossa.

Tendo sido criada em Boston, Kate estava acostumada com os torcedores do Red Sox sempre achando que este ano era o ano, então até ela começou a rir. Tony falou:

— Não vou nem falar nada por respeito, afinal estou em território do Red Sox aqui.

O churrasco foi ótimo, e enquanto eles comiam torta de maçã com sorvete de creme de sobremesa, Hugh perguntou a Kate:

— Senhora Lafitte, posso lhe fazer uma pergunta?

— Claro, Hugh, você pode me perguntar qualquer coisa.

— A primeira vez que eu, Prince e Tony saímos, ele me disse algo que achei bastante peculiar. Falou que era obcecado pelas bandeiras do mundo. Eu queria saber como funciona exatamente?

— Ah, olha, em primeiro lugar, é totalmente verdade, é maníaco mesmo por isso. Acho que começou quando viu um livro que eu ganhei do pai dele... Nem me lembro se ele já tinha nascido na época em que o Scott me deu. Mas enfim, o livro era sobre arte em bandeiras do mundo e logo que aprendeu a ler, aos 6 anos de idade, leu aquilo uma quatrocentas vezes. E isso não é modo de dizer, ele leu esse livro todas essas vezes ou mais.

— E aposto que ele sabe a bandeira de qualquer país que lhe é mostrada?

— Essa é uma aposta que você vai ganhar, e ganhar bem. Conhece as bandeiras e suas histórias, ele é maluco. Já fiz isso uma vez. Acertou na mosca todas que eu lhe mostrei — disse Tony.

— Nossa, obrigado por todas essas palavras, sinto em mim o borbulhar do gênio depois desses elogios — disse Prince, visivelmente satisfeito. — Sou muito bom com bandeiras, mas tenho certa dificuldade com as dos países que começaram a existir depois do colapso da Iugoslávia e da União Soviética — declarou Prince.

— Quero vê-lo em ação. Podemos fazer isso? A gente procura um site com bandeiras no Google, imprime e daí cada um de nós escolhe uma para ele dizer qual é. É claro que não pode estar no quarto enquanto estivermos imprimindo e, quando formos mostrar, tampamos o nome com o dedo. O que me dizem? — perguntou Hugh.

— Claro, estou pronto para o desafio. Não tem como vocês ganharem. Sou como você jogando contra um pivô lento quando se trata de bandeiras: o adversário não tem chance.

— Parece divertido. Faz um certo tempo desde a última vez que fez isso. Acha que ainda consegue? — perguntou Tony.

— Tenho certeza absoluta que sim. Essas coisas estão costuradas dentro do meu cérebro, nunca vou esquecer.

— Ótimo, vamos entrar e fazer isso. Também quero vê-lo em ação de novo, querido — disse Kate.

Eles entraram e subiram as escadas para o quarto que Prince usava como escritório para estudar e ler. Não o deixaram entrar, para não ter sequer a chance de vislumbrar qualquer bandeira. Entraram no Google, digitaram "Bandeiras do mundo", escolheram o site com as melhores imagens, baixaram e imprimiram. Quando tudo estava pronto, o chamaram.

— Está pronto, P? — perguntou seu pai.

— Pronto e disposto — confirmou.

— Certo, vamos começar — comandou um empolgado Hugh. — Esta aqui?

— Togo.

— Certo. Esta aqui?

— Mongólia.

Prince não errava. Acertava uma atrás da outra.

— Croácia, Bolívia, Vanuatu, Armênia, Sri Lanka, São Vicente e Granadinas, República Centro-Africana, São Cristóvão e Neves.

— Impressionante. Na verdade é incrível, nunca vi nada assim. Parabéns! — disse um estupefato Hugh.

— Este é o meu garoto. É isso aí, P! — exclamou Scott, muito orgulhoso.

— Obrigado a todos. Não sou muito bom em várias coisas na minha vida, mas não tem como me pegar com bandeiras.

— Bem, após essa demonstração brilhante, é minha hora de ir embora. Quer uma carona, Tony?

— Quero, uma carona iria muito bem. Prince, quando você vai para Boston?

— Fim de agosto, temos bastante tempo para curtir até lá.

— Ótimo, eu te ligo. Você vai estar tranquilo até lá também, Hugh?

— Sim, talvez eu tenha que voltar já no meio de agosto, mas até lá estarei por aí. Tchau — Hugh se despediu.

— Tchau para os dois — respondeu Prince.

Kate e Scott também se despediram dos dois, "exigindo" que se comprometessem a ir com frequência até a casa dos Lafitte.

Na primeira semana de agosto, os três foram ao Aquário Marítimo no Mall of America. Fazia muito tempo desde a última vez que eles tinham ido lá, então acharam que seria legal voltar. O plano era ir ao aquário, voltar para o centro para almoçar no Brit's Pub and Eating e depois comprar uns discos na Electric Fetus.

Gostaram demais de retornar ao aquário após tantos anos e depois foram ao *pub*. Fizeram tudo a pé, porque era muito mais fácil devido aos trens da Metro Transit e também era tranquilo andar até a Electric Fetus saindo do Brit's.

Os três adoravam o bar, o que era meio engraçado, uma vez que nenhum deles ainda tinha idade para beber legalmente. Mas a comida era muito boa e a atmosfera ótima, especialmente na primavera e no verão, quando havia muita gente praticando boliche na grama, em um lindo espaço atrás do *pub*.

Quando chegaram, pediram para sentar no andar de cima, exatamente para poder olhar o pessoal jogando. Uma dessas pessoas chamou a atenção deles: era uma mulher com chapéu *pork pie*, uma blusa da Siouxsie and the Banshees sem manga e uma saia de lantejoulas. Tinha o cabelo castanho-claro, penteado ao estilo Bettie Page, olhos bem pretos e uma boca pequena e bonitinha. Parecia se divertir como nunca na vida, pulando muito, gritando e bebendo *pints* de Guinness com a naturalidade de quem toma água. As duas amigas com quem estava jogando foram embora quando o jogo acabou, mas ela ficou no *pub*.

Quando Prince, Tony e Hugh estavam descendo as escadas para ir embora, ela de repente olhou para eles e seus olhos se acenderam. Levantou-se do banquinho onde estava e veio na direção dos garotos.

— Opa, você não é o cara que é daqui mesmo e agora faz sucesso jogando por Duke? — perguntou, apontando para Hugh.

— Nem tanto sucesso assim, mas sou eu. — Ele sempre se sentia incomodado quando reconhecido. Esse era um traço em seu caminho para o estrelato em que tinha que trabalhar.

— Bom, parabéns! Por que você e seus amigos não me acompanham em um drinque?

— Adoraríamos — disse Prince —, mas não temos idade para beber ainda e estamos a caminho da Electric Fetus. — Ele nunca havia gostado muito de se sentar com estranhos.

— Quando digo drinque, não precisa ser alcoólico, vocês podem tomar refrigerante, suco ou até água. Eu quero companhia, porque minhas amigas foram ao cinema e eu não estava a fim de ir. Além do mais, também planejava ir à Electric Fetus quando acabasse aqui e então podemos ir todos juntos. E mais... os drinques são por minha conta.

Prince nunca havia gostado de adiar planos, especialmente se envolviam comprar discos, mas Tony já estava de olho na garota e Hugh era educado demais para negar o pedido. Mesmo com um deles contrariado, decidiram aceitar.

Os quatro se sentaram em uma mesa no andar de baixo ao lado da janela. A menina pediu mais um *pint* de Guinness (devia ser seu quinto naquela tarde) e os meninos, Coca-Cola, com exceção de Hugh, que pediu uma Coca light.

Tony era o mais empolgado dos três, é claro — ele não conseguia pensar direito sempre que via uma mulher —, e puxou conversa assim que tomaram seus lugares à mesa.

— Então, qual o seu nome?

— Meu nome é Alice. Alice Eisen.

— E o que você faz, Alice Eisen? — perguntou Hugh. O outro garoto estava em silêncio porque queria estar a caminho da Electric Fetus.

— Sou professora de Literatura Inglesa na Universidade de Minnesota.

Prince se animou um pouco após essa declaração.

— Uau, isso é demais! — disse Tony. — Vou começar minha graduação em Engenharia Civil lá este ano. Eu não quero ser indiscreto, mas quantos anos você tem? Você não me parece ter idade para já ser uma professora universitária. — Era verdade, mas também era uma forma de xavecar Alice, coisa na qual Tony era mestre. Se isso fosse uma característica *jedi*, poderiam dizer que a Força[34] era poderosa nele.

— Obrigada pelo elogio, muitas pessoas dizem que eu não aparento minha idade, mas tenho 32. E quantos anos vocês têm, garotos? Parecem todos bem jovens… E quais seus nomes? Ele, eu sei que é Hugh Porter. — Hugh ficou com tanta vergonha que só faltava se esconder debaixo da mesa.

Tony parecia ter um brilho natural ao redor dele.

— Eu sou Tony Escovedo, tenho dezenove.

Apesar de melhor do que alguns minutos antes, Prince não estava totalmente feliz, então praticamente resmungou:

— Eu sou Prince Lafitte, tenho dezenove também.

— Bem, senhora, você sabe quem eu sou. Tenho vinte.

Tony estava sempre à frente de seus companheiros em não deixar a conversa esfriar:

---

34. Nos filmes da série *Star Wars*, a Força é vista como algo que controla todos os sentimentos, talentos e sensações dos seres vivos. É como se fosse uma alegoria para Deus.

— E do que você gosta, Alice? Se você vai mesmo para a Electric Fetus depois, imagino que goste de música.

— Ah, sim. Como eu dou aula de literatura, tenho que ler muito para o trabalho, então meu hobby principal é música.

Prince começava a se empolgar, não muito, mas mais do que há alguns minutos.

— Legal, o que você ouve? Fora Siouxsie, é claro.

— Na maior parte coisa dos anos 80. Smiths, The Cure do início de carreira, *hardcore* da Costa Leste, como Bad Brains e Minor Threat. *Classic rock*. Zeppelin, Sabbath da fase Ozzy, Whitesnake com Jon Lord e Ian Paice, Kiss antigo, The Kinks, The Who antigo...

Agora Prince ficou bem empolgado.

— É uma boa lista, mas não entendi uma coisa: o que você quis dizer com The Who antigo?

— Eu gosto só do *My Generation* até o *Sell Out*.

— Quer dizer que não gosta do *Tommy*?

— Eu odeio *Tommy*.

Todo mundo caiu na risada. Prince, em particular, adorava *Tommy*, mas achou muito engraçado alguém dizer que odiava. Sendo alguém com opiniões radicais sobre algumas coisas, sempre gostava de conhecer outras pessoas com essa característica.

Alice estava confortável com os garotos, talvez porque realmente tenha gostado deles ou porque estava no seu sétimo *pint* de Guinness. De qualquer forma, continuou falando, agora um tom acima do normal:

— Eu comparo meu gosto por The Who com meu gosto por Bad Religion. Adoro os primeiros álbuns, mas do *Recipe for Hate* em diante se tornou o que chamo de punk xixi.

— Punk xixi? — perguntou Hugh.

— É, não que seja uma porcaria completa, daí eu diria que é punk cocô, mas tipo xixi mesmo. É meio indiferente, mas fede um pouco.

Todos caíram na gargalhada de novo. E, mais uma vez, Prince era fã de todos os álbuns do Bad Religion pós *Recipe for Hate*, mas achou as observações de Alice hilárias e espirituosas.

Finalmente pediram a conta e, como prometido, ela pagou. Levantaram-se e foram para a Electric Fetus.

No caminho, Alice fumou três cigarros e continuou falando muito, na maior parte do tempo sobre música, até que Prince disse a ela:

— Meu pai é engenheiro de som e produtor, sabia?

— Sério, isso é do caralho! Ele já trabalhou com alguém que eu conheça?

— Bom, a primeira vez que ele esteve aqui foi para trabalhar com Bob Mould, do Husker Dü.

— Mas isso é demais! Eu adoraria conhecer seu pai algum dia. Perdi meus pais muito cedo e fui criada pela minha avó paterna, Sarah.

De repente todos pararam de andar. Não que fosse a primeira vez que eles ficavam sabendo sobre alguém perder os pais cedo, mas nunca acharam que iam ouvir isso numa ocasião tão informal, andando pela rua a caminho de uma loja de discos. Ela ouviu três "eu sinto muito" seguidos, mas não pareceu se importar.

— Muito obrigada pelo carinho, mas, apesar de tudo, tive uma criação bem feliz. Minha avó foi ótima para mim. Foi quem me fez amar livros e me encorajou a ler todos os clássicos, que tiveram uma influência direta em minha escolha de carreira. — Ela acabara de apagar mais um cigarro.

Foi um ótimo fim de tarde, início de noite na Electric Fetus. Todos compraram algo: Prince, um duplo ao vivo do Annihilator e uma coletânea do ELO; Tony, uma coletânea do Faith No More e o *Love Metal* do Him; Hugh, *Say You Will* do Fleetwood Mac e *Texas Tornado* do Johnny Winter; e Alice, dois vinis usados de bandas *punk* irlandesas: The Undertones e Stiff Little Fingers.

Eles estavam saindo da loja quando Tony puxou Alice de lado e disse:

— Olha, o que você acha da gente sair algum dia, só nós dois?

Alice riu.

— Você está me chamando para sair, como um encontro?

— Sim.

— Desculpe, mas...

— Sou muito jovem para você? — Tony interrompeu.

— Não, de jeito nenhum, é que...

— Tem namorado? — ele interrompeu-a de novo.

— Não. Pare de me interromper! Digamos que, quando o assunto é sexo, eu gosto da mesma coisa que você.

Tony tomou um susto e arregalou os olhos, mas tentou prosseguir a conversa com a maior naturalidade possível.

— Ah, tá certo. Podemos ser bons amigos, então? Provavelmente vamos nos ver bastante esse ano e podemos curtir juntos.

— Sim, com certeza. Olha, eu moro a apenas alguns quarteirões daqui. Alguém de vocês também?

— Não, nós todos moramos do outro lado da cidade.

Assim que ele disse isso, Prince e Hugh se aproximaram deles. Alice falou:

— Bem, meninos, é aqui que digo adeus. Foi ótimo conhecer vocês. Tony, eu sei que o verei muito o resto do ano, Hugh, boa sorte de novo nessa temporada. E você, Prince? Vou te ver bastante?

— Acho que não, vou para a Northeatern University em Boston.

— Certo! Que ótimo, morar em Boston! Mas vamos manter contato através de e-mail e mensagens.

— Claro, vamos nos falando.

E dito isso, eles se separaram e os três a observaram atravessar a rua em direção a sua casa.

Hugh disse:

— Que garota legal, engraçada demais.

— É mesmo, né? Fiquei meio puto quando ela nos chamou para sentarmos com ela, mas valeu — disse Prince. — Tony, por que você a puxou de lado?

— Queria chamá-la para sair.

— Eu não acredito! Tony, ela é mais de dez anos mais velha que você!

— E daí? Você consegue imaginar sexo com uma mulher dez anos mais velha? Deve ser um aprendizado e tanto.

Hugh e Prince riram.

— Não foi isso que eu quis dizer. Por que você achou que ela iria querer sair com alguém com essa diferença de idade?

— Sei lá, mas já tinha o *não*, podia arriscar conseguir um *sim*. Ela é bem legal e bonita, pena que é sapatão.

Hugh se assustou.

— O quê?

— Sapatão, ela gosta de mulher.

— Tony, isso é tão grosseiro. *Sapatão* é o tipo de palavra que Frank Zappa usou na sua música abertamente pornográfica "Boby Brown Goes Down" e não o que você diz sobre uma pessoa tão legal — disse Hugh.

— A música está no álbum *Sheik Yerbouti*, aliás. E ele tem razão. Ela é gay, homossexual. *Sapatão* é um termo chulo.

— Tá, tá. Desculpem. Enfim, acho que vou me divertir muito quando sairmos nesse próximo semestre.

Eles foram para suas casas, cada um pensando no grande ano que teriam pela frente, no âmbito esportivo ou acadêmico.

* * *

Prince chegou a Boston e se sentiu em casa, principalmente porque não era exatamente a primeira vez que estava por lá. Ele estivera em *Beantown* muitas vezes antes, fosse para visitar seus avós (os pais de Kate) ou passear pela cidade e assistir aos jogos dos Red Sox.

E adorou a universidade. Como havia dito, o campus era em frente ao Museu de Artes e a uma pequena caminhada do Museu Isabela Gardner. Apesar de ter deixado claro para seus pais que queria viver no campus para ter a verdadeira experiência da vida universitária, seus pais compraram um apartamento para ele na avenida Huntington, só para garantir. Dinheiro nunca fora problema para os Lafitte.

Depois de apenas algumas aulas, sabia que havia escolhido o curso certo. Amava cada minuto, especialmente do curso de História Antiga, dado pelo professor Patrick Rollins. Rollins parecia uma versão mais bem-acabada de Jerry Garcia, do Grateful Dead, com seus óculos, longos cabelos grisalhos e tudo mais. Era alto e sempre que usava um terno prendia um pin do Red Sox na lapela. Seu rosto era redondo e suas bochechas estavam sempre coradas. Tinha 65 anos, era um fã de *blues* antigo, amava os Rolling Stones por terem sido responsáveis por trazer a merecida atenção para artistas como Willie Dixon, Muddy Waters e Sonny Boy Williamson, mas preferia os Beatles em questão de talento. Escrevera um livro sobre sociedades secretas e outro sobre teorias da conspiração, ambos ridicularizados por acadêmicos e críticos, mas adorados por aqueles que gostavam de uma boa ficção. Porém Rollins era taxativo sobre o fato de que, se nem tudo que estava nos livros parecia verdade, tinha grande chance de ser. Ele só não podia provar ainda.

Era segunda-feira, 6 de outubro, dois dias antes do início da decisão da Liga Americana de Beisebol[35] (a semifinal da World Series) entre os Boston Red Sox e os New York Yankees, no Yankee Stadium. Prince estava na lanchonete da faculdade comendo um *donut* de *boston cream* e tomando uma Coca-Cola, quando viu o professor Rollins no balcão pedindo um café preto pequeno e um rolinho de canela. Já fazia um mês que o curso havia começado, e Prince adorava o mestre, mas nunca tinha tido a oportunidade de falar com ele em particular, para dizer o quanto adorava suas aulas. Aproximou-se e disse, meio vacilante:

— Professor Rollins?

— Pois não?

— Eu sou Prince Lafitte, estou no primeiro ano e assisto à sua aula de História Antiga...

O professor o interrompeu:

— Claro, eu sei quem você é. É o cara que senta na primeira carteira, na fila da esquerda. Lembro bem, porque está sempre de camiseta preta,

---

35. A MLB, liga de beisebol profissional, é dividida em duas ligas: A Liga Americana e a Liga Nacional. Os campeões de cada uma se enfrentam na World Series. Tanto a final da Liga Americana quanto da Nacional são decididas numa melhor de sete jogos.

normalmente com um logo de uma banda que nunca ouvi falar. — Ele deu um riso leve.

— Bom, é, sou fã de *heavy metal*, mas adoro música em geral, já que cresci num lar muito musical.

— Também gosto de metal. Só que não conheço um terço das bandas que você conhece. Sou um cara do *blues*.

— Certo, eu gosto de *blues* também, meu pai já trabalhou com muita gente do *blues*.

— Seu pai? Que interessante! O que ele faz?

— Era engenheiro de som e produtor em Nova Orleans, que é onde eu nasci. Agora mora em Minneapolis e é o diretor artístico do Guthrie Theater. Seu nome é Scott Lafitte.

— Humm, soa familiar, provavelmente tenho álbuns em que ele trabalhou na minha casa. É de Nova Orleans, que legal, torce pros Saints?

— Claro! Mas como minha mãe é daqui, no beisebol eu torço para os Red Sox. E ela tem assentos atrás do banco de reservas do time da casa no Fenway, o que significa que estou empolgado com 11 de outubro. Acho que podemos voltar para cá com a série empatada em 1 a 1. O que você acha? Eu sei que torce para os Red Sox, eu vi o pin no seu terno.

— Pois é. Eles têm partido meu coração desde que me conheço por gente. É como um vício, porque não consigo me livrar disso. Acho que temos uma chance, mas lembre-se: nossos adversários são os Yankees, e coisas esquisitas acontecem com os Red Sox. É melhor tomar cuidado.

— Você acredita que esse é o ano?

— Não sei.

— Por que você acha que todo ano é uma decepção?

— Quem sabe? Mas eu escrevi um livro sobre sociedades secretas e outro sobre teorias da conspiração, então digamos que eu sei que existe mais do que nossos olhos enxergam nesse mundo.

— Sou um tanto cético quanto a coisas sobrenaturais. Mas, falando nisso, adoraria ler um de seus livros.

— Ah, que legal de sua parte. Eu tenho algumas cópias do que escrevi sobre sociedades secretas em casa, trago para você na próxima aula. Venha falar comigo no final.

— Ótimo! Bem, tenho que ir agora. Foi muito legal conversar com você, professor Rollins. Tomara que tenhamos mais papos assim. Dá-lhe, Sox!

— O prazer foi meu. Dá-lhe, Sox.

Eles se despediram, e Prince foi para seu apartamento na Huntingnton. Hoje era o início da série decisiva e, apesar de ter muitos amigos que também torciam para os Red Sox, queria assistir ao jogo sossegado. Sempre foi assim, queria ficar sozinho, no máximo com um ou dois amigos ou sua família. E se comportava igualzinho quando eram os Saints.

Foi até seu apartamento, tomou um banho, jantou cedo no Five Napkins e comprou um pedaço de *cheesecake* de banana na Cheesecake Factory, para comer em casa. Ficou empolgadíssimo quando os Red Sox ganharam o primeiro jogo, mas bem irritado quando os Yankees empataram a série na noite seguinte.

Prince foi aos três jogos no Fenway. Testemunhou ao vivo a hoje lendária briga no jogo 3, quando Pedro Martinez (arremessador dos Red Sox) jogou Don Zimmer (técnico dos Yankees) no chão. Os nova-iorquinos ganharam duas no Fenway, e Prince ficou preocupado. Mas os bostonianos reagiram e ganharam uma no Yankee Stadium, deixando tudo para ser decidido no jogo 7, no mesmo lugar.

O professor Rollins havia esquecido seu livro na última aula, mas lhe prometera trazer na seguinte. E a próxima era na fatídica quinta-feira da sétima partida. Depois da aula, Prince foi até ele tremendo a cada três segundos como se estivesse com calafrios devidos a um resfriado grave.

— O que foi? — perguntou o professor.

— Estou nervoso por causa do jogo, só isso.

Patrick Rollins não era só um ótimo professor, também era um torcedor experiente do Red Sox.

— Olha, você tem que desencanar um pouco. Sei como você se sente e eu também estou ansioso, mas não deixe isso tomar conta da sua vida. Dá pra ver que é um aluno brilhante, mas hoje sua cabeça estava claramente em outro lugar. Eu não liguei, porque sei a causa. Aliás, aqui está seu livro, nem precisa devolver, é um presente. Dá-lhe, Red Sox!

— Obrigado, senhor Rollins. Desculpe por estar com a cabeça nas nuvens hoje, mas obrigado por entender. Vou fazer o que puder para manter isso sob controle. Dá-lhe, Red Sox!

O jogo foi tenso. Ao final do 9º inning ainda estava 5 a 5. E quando o técnico Grady Little não trocou o arremessador Pedro Martinez, visivelmente cansado, no 11º *inning*[36], foi mortal. Aaron Boone bateu o *home-run* fatal e esmagou as esperanças do time de Boston de chegar à World Series. O coração de Prince fora partido novamente.

Ele ficou arrasado, se jogou no chão e chorou por no mínimo dez minutos. Pegou o telefone e ligou para a mãe em Minneapolis.

— Mamãe, mamãe, o que acabou de acontecer? Eu não acredito. — Ainda chorava descontroladamente. — Por que ele deixou o Pedro no jogo? Eu quero matar o Grady Little! Quero matá-lo com minhas próprias mãos!

Kate soluçava também.

— Prince, querido, controle-se. Essas coisas acontecem. Seu pai também está chateado e está aqui me confortando. Agora, vá tomar um banho quente e se sentirá melhor amanhã.

— Eu nunca mais vou voltar ao Fenway. Acho que vou vender os assentos.

— Você só está furioso, praguejando como todo torcedor do Red Sox após uma derrota dolorida. No ano que vem você estará todo animado no início da temporada. E eu proíbo você de vender esses assentos, porque eles são meus. Vá dar uma relaxada. Não tem nada para ler para tirar o beisebol da sua cabeça?

— Na verdade, tenho, sim. Meu professor de História Antiga me deu o livro dele sobre sociedades secretas de presente. Aliás, ele deve

---

36. Um jogo de beisebol é dividido em 9 *innings* ou entradas. Se a partida continua empatada, vai-se jogando até que alguém vença. 11º *inning* seria como se fosse uma segunda prorrogação.

estar bem decepcionado também... Enfim, vou fazer o que me disse, mãe. Fique firme aí também, ok?

— Eu estou bem, estou muito mais acostumada com isso. Você só tinha dois anos na época do jogo do Buckner[37]. E aquilo foi na World Series.

— É, essa desgraça de Red Sox é mesmo como um vício, como o professor Rollins disse. Tudo bem, mãe, obrigado por me ouvir, vou fazer o que disse e tentar dormir. Tchau.

— Tchau, querido, amanhã você estará melhor.

Prince desligou o telefone e foi tomar um banho quente. Tomou um longo banho, sentou-se no chão com a cabeça inclinada para a frente, deixando a água quente cair em sua nuca e pescoço. Foi relaxante mesmo.

Quando saiu do chuveiro, colocou seu pijama do Kiss, foi até sua mesa de centro e pegou a cópia de *As Sociedades Secretas: o mundo além do que os olhos veem*, escrita pelo professor Patrick Rollins.

Na cama, acendeu o abajur e começou a ler. Era realmente uma leitura interessante, ainda que, às vezes, achasse que lia um livro de ficção. Um bom livro do estilo, mas era difícil acreditar naquilo tudo. É claro que ele sabia dos maçons e tinha certeza que tudo sobre eles era verdade, mas o resto parecia um pouco exagerado. No entanto, funcionou mesmo para tirar sua cabeça daquela maldita bolinha voando para as arquibancadas do Yankee Stadium.

No dia seguinte, acordou um pouco melhor. Foi à universidade, assistiu às aulas e, quando saía para pegar o metrô e voltar para casa, viu o professor Rollins. Desviou de sua rota e o chamou:

— Professor Rollins! Professor Rollins!

Patrick se virou e abriu um sorriso ao vê-lo.

— Prince, que ótimo vê-lo, fiquei preocupado ontem à noite. Foi duro, fui dormir às 4 da manhã.

---

37. "O jogo do Buckner" é o jogo 6 da World Series de 1986. Necessitando de apenas uma jogada simples para ser campeão, o jogador Bill Buckner do Boston Red Sox deixou a bolinha passar por debaixo de suas pernas e permitiu que o New York Mets empatasse a série em 3 a 3. O time de Nova York venceu o jogo 7 e tornou-se campeão, impedindo que o Boston fosse campeão após 68 anos.

— É. Eu liguei para minha mãe e depois tomei um banho longo e quente. Aí comecei a ler seu livro. O que li até agora, achei interessante.

— Ótimo. Interessante já está muito bom. Mas não espero que você acredite no que está nele, ninguém acreditou.

— Mas você acredita, não?

— Sim, me custou anos de pesquisa e viagens. Fui a bibliotecas pelo mundo inteiro e tive que contratar tradutores de várias línguas para poder entender alguns textos. Mas sei que é pedir demais para ser aceito como verdade.

— Talvez, mas estou gostando. Voltando aos Red Sox, por que o Little manteve o Pedro no jogo?

— Prince, não vamos falar sobre isso agora. Se você quer discutir os Red Sox, vamos nos encontrar em um lugar mais apropriado. Tem algo para fazer esta tarde? Venha até a minha casa, e podemos discutir isso com um bom copo de vinho. Eu sei que você ainda não fez 21 anos, mas em lugares privados não tem problema. O que acha?

— Legal, estou me sentindo melhor agora, mas preciso falar sobre isso com um pouco mais de profundidade. Onde mora?

— Rua Hancock, número 30, perto da Park Street Station.

— Park Street? Ah, posso ir a pé até lá, nem preciso pegar o metrô. Às 16 horas está bom?

— 16 horas está bem, eu espero você.

Prince decidiu almoçar no Summer Shack e tomar um bom *clam chowder*, seguido de *gulf shrimp*. Depois, foi ao Ben and Jerry's no Prudential Center para a sobremesa. Antes de voltar para casa, passou alguns minutos na livraria Barnes & Noble e comprou uma revista *Classic Rock* com Bon Scott na capa e um DVD de documentário da PBS sobre a Primeira Guerra Mundial. Chegou em casa ainda com bastante tempo antes de sair para encontrar o professor. Deitou-se na cama e voltou a ler o livro. Havia comido bem, então acabou adormecendo, mas por sorte acordou a tempo para andar até a casa do professor.

Saiu de seu prédio, cruzou o Prudential Center e pegou a rua Boylston. Foi pela Boylston até chegar ao Boston Common Park. Cruzou o parque, com o lago quase que totalmente congelado e as árvores com apenas as últimas folhas em seus galhos. Do outro lado, chegou facilmente à residência de Rollins.

Era um prédio de tijolo à vista com janelas *bay window* e um frontão antigo. A porta era de madeira de lei com uma maçaneta toda decorada. Tinha uma campainha, mas ele bateu na porta: *tum, tum, tum-tum-tum*, igual à bateria no início de *Girls, Girls Girls* do Mötley Crüe. Ele adorava fazer isso. Eram 16 horas em ponto.

O professor atendeu à porta e disse:

— Oi, Prince, bem-vindo. Por favor, entre e me siga.

Seguiu por um corredor até chegar a uma sala que não podia ser mais típica de um estudioso: havia prateleiras de livros lotadas ocupando as quatro paredes, uma escrivaninha na frente da janela do lado norte, duas poltronas Chesterfield com uma mesa de centro que imitava um carrinho de mão e um lindo sofá no estilo Luís XVI. Havia luzes aos montes na sala, dava para ler em qualquer lugar, com abajures maravilhosos e um magnífico lustre de cristal de Murano pendurado no teto. O chão era cheio de tapetes, e as paredes tinham pôsteres da Primeira e da Segunda Guerra, Ted Williams[38] e Buddy Guy. Porém, logo que Prince entrou na sala o que lhe chamou a atenção (fora o pôster de Ted Williams, é claro) foi uma pequena pintura de uma bandeira diferente.

— Por que diabos você tem uma pintura da bandeira do Tajiquistão? — perguntou assim que entrou na sala.

— Uau, como você sabe que é a bandeira do Tajiquistão? Quase ninguém nota esse quadro, e nunca alguém soube que bandeira era essa.

— Bom, eu tenho essa coisa com bandeiras. Eu amava um livro que minha mãe tinha sobre isso e acabei memorizando todas. Mais tarde, quando as repúblicas soviéticas começaram a se tornar independentes, tive que estudar pela internet para aprender sobre elas também. Ainda não sou tão bom com essas, mas eu chego lá. Foi por causa disso que me interessei por História.

---

38. Maior jogador da história do Boston Red Sox.

— Isso é bem diferente, mas interessante de qualquer forma. Já pensou se tornar vexilologista[39]?

— Claro que sim, é o que pretendo fazer assim que sair da faculdade.

O professor Rollins foi até o seu armarinho de bebidas abaixo de uma das prateleiras de livros e pegou uma garrafa de *pinot noir* da vinícola David Bruce. Serviu duas taças e deu uma para seu aluno.

— Você gosta de vinho, Prince?

— Sim, no inverno. Normalmente prefiro Coca-Cola ou cerveja. Tomo cerveja com meu pai em casa desde que fiz dezoito anos.

— Gosto de cerveja também, mas só no verão. Nada bate uma gelada no Fenway em julho.

— Agora que você mencionou o Fenway... não, primeiro me explique como você acabou tendo uma bandeira do Tajiquistão na parede?

— Não há nada de misterioso nisso. Eu tive um aluno cujos pais eram de lá e um dia mencionei que achava a bandeira deles bonita. No dia seguinte ele me trouxe o quadro. Tem até uma dedicatória atrás. Ele virou professor de História Americana em Stanford. Guardei porque foi um dos poucos estudantes com quem fiz uma grande amizade. É casado, tem dois filhos e ainda mantemos contato.

— E suponho que isso não seja algo que aconteça com seus ex-alunos com muita frequência?

— Não, de jeito nenhum. Você acha que é comum alunos conseguirem esse tipo de diálogo com professores, como nós dois estamos tendo agora? É bem raro. E jovens que gostam de música e esportes do jeito que se deve gostar são ainda mais difíceis de encontrar, deve saber disso melhor do que eu. Assim, não fico amigo de alunos regularmente.

— Ah, não tenha dúvida. Falando em gostar de beisebol, quando eu falei ontem com a minha mãe depois do jogo, mencionei que estava pensando em vender nossos ingressos da temporada. Ela quase passou pelo fio do telefone para me estrangular.

---

39. Vexilologia é o nome que se dá ao estudo das bandeiras.

Rollins riu:

— Está certa. Eu sempre falo que no próximo ano eu não vou ligar mais por não sei quantos anos só que, quando a temporada seguinte está próxima, não vejo a hora de receber os ingressos pelo correio. Você só está puto porque é muito recente, mas estará animado para o ano que vem, pode confiar em mim sobre isso. Além do mais, Little será demitido, teremos um novo técnico.

— Ser demitido é o mínimo que ele merece.

A conversa seguiu por horas. Eles discutiram não só por que Grady Little manteve Pedro no jogo (sem chegarem a uma conclusão), mas também sobre a história dos Red Sox, da música e o livro de Rollins. Prince disse que ainda estava gostando, apesar de não conseguir acreditar em tudo que lia. O professor reiterou que, desde que ele estivesse entretido, estava tudo bem.

Assim que saiu da casa, ligou seu celular (sempre odiava deixar ligado, especialmente se não queria ser perturbado, então o desligava sempre que possível) e viu que tinha várias mensagens de voz e de texto. E eram todas de Alice e Tony. Leu apenas uma que dizia: "Por favor, ligue, aconteceu uma coisa ruim".

Podia ligar de seu celular, mas não gostava de falar sobre questões sérias nele. Então pegou o metrô em Park Street para chegar em casa o mais rápido possível. Assim que chegou, ligou para Tony.

— O que aconteceu? — perguntou, preocupado.

— Oi, cara, foi o Hugh.

— O que aconteceu?

— Rompeu o ligamento cruzado anterior no treinamento. Está fora da temporada.

— Caramba, isso é horrível, você falou com ele?

— Sim, ele está chateado, claro, mas sabe como é o temperamento dele... Tenta manter o pensamento positivo com relação a tudo.

— Vou ligar para ele.

— Legal! Alice também ligou, e acho que isso deve ajudá-lo a se recuperar. Sei lá, mas é o mínimo que podemos fazer.

— Aliás, como ela está?
— Está bem, é divertida. Parece uma chaminé com o tanto que fuma.
— Certo. Bom, vou telefonar para o Hugh, tchau.
Ligou para seu amigo. Uma voz grave atendeu.
— Alô?
— Hugh, é o Prince. Cara, que merda! Acabei de saber pelo Tony. Como você está?
— Fala, Prince, que legal ouvir notícias suas. Tenho saudade de todos. Estou bem, até onde dá. Tento pensar na próxima temporada. Mas, pô, pelo menos estarei em todas as edições do *Sportscenter* esta noite.
— Pois é, tenho certeza que sim. Olha, vai poder voltar para casa nas festas de fim de ano?
— Sim, vou. Vamos nos ver, você, eu, Tony, Alice. Alguns momentos juntos vão me fazer bem.
— Já está combinado. Podemos ir até a sua casa, e aí você continua descansando.
— Não, não. Em dezembro eu já poderei andar. Devagar, mas vou poder. Essas reuniões têm que ser na sua casa.
— Por mim tudo bem, desde que não atrapalhe sua recuperação. Bom, vamos manter contato até lá. Mantenha-nos informados.
— Pode deixar. Valeu muito por ter ligado.
— O prazer foi meu.

Como era de esperar, Hugh realmente foi o destaque de todas as edições do *Sportscenter* naquela noite.

O resto do ano foi tranquilo para Prince. A cada dia, sentia que tinha feito a escolha certa sobre a profissão. História era mesmo uma paixão em sua vida. Prestava atenção nas aulas sem piscar e estudava muito todos os dias. Porém, uma de suas outras paixões, os Saints, decepcionava. A temporada do futebol americano mal havia começado e o time tinha a pífia campanha de 2 vitórias e 4 derrotas, como se o que acontecera com os Red Sox não bastasse.

Ele voltou a Minneapolis para o Natal. Como prometido, todos se reuniram em sua casa um dia antes da noite de Ano-Novo. Hugh tinha que andar com a ajuda de muletas, mas estava feliz; Tony teve que sair cedo porque tinha um encontro, e Alice fumou e bebeu conhaque a noite inteira. Scott e Kate a adoravam, porque era extremamente culta, divertida e espirituosa.

Quando Prince voltou para Boston, sua vida estava ótima. Ele adorava viver lá: estava acumulando livros e CDs, adorava o curso cada vez mais e ainda passava as tardes de sexta-feira com o professor Rollins. Tornou-se uma tradição. Ficava lá com seu professor (que agora havia se tornado seu mentor) e costumavam discutir arte, política, *rock and roll*, a história dos Red Sox, esportes, teorias da conspiração, tudo que achassem interessante. O professor Rollins tinha muito carinho por ele, como se fosse seu filho.

Prince voltou a Minneapolis quando as aulas acabaram e estava louco para encontrar Tony, Alice e Hugh. Este agora andava sem nenhuma ajuda, mas precisava focar em sua fisioterapia.

Era uma noite clara e quente de julho, e eles estavam comendo hambúrgueres no American Burger Bar, quando o jogador de Duke soltou a bomba.

— Pessoal, preciso dizer uma coisa a vocês e é algo sério.

Todos pararam de falar. Prince estava prestes a comer uma de suas batatas fritas, e sua mão parou no meio do caminho entre o prato e sua boca. Alice ia pegar sua cerveja e também parou como se tivesse sido atingida por um raio paralisante em um daqueles velhos filmes de ficção científica, e Tony só ficou parado segurando a cadeira com as duas mãos e os olhos arregalados.

— Vou desistir do basquete. — Respirou fundo. — Foi uma decisão difícil de tomar, mas acho que não serei mais o mesmo jogador que já fui antes da contusão. Além disso, há sim a possibilidade de acontecer a mesma coisa e não vou passar por tudo isso de novo, de jeito nenhum. E ainda sou jovem, então estou a fim de tentar algo novo.

Depois do choque inicial de alguns segundos, Alice perguntou:

— E o que é esse algo novo?

— Bem, pensei muito no assunto e decidi seguir os passos da minha mãe e fazer medicina.

— Isso é legal pra caralho! — Prince gritou. — Sua mãe deve estar orgulhosa; aliás, o que sua família pensa sobre tudo isso?

— Eles foram ótimos. Como você mesmo disse, minha mãe ficou bem feliz quando eu contei a ela o que queria fazer. É claro que meu pai e meu irmão tentaram me convencer a não desistir, mas eu falei que já havia me decidido, e então eles me apoiaram.

Tony estava um pouco mais abalado, então foi o último a falar:

— Bem, um brinde a esse novo passo na vida de nosso querido amigo Hugh! — Ele levantou seu copo e foi seguido pelos outros três.

A despeito de sua decepção em não ter um grande amigo se tornando um renomado jogador da NBA, Prince voltou para Boston, animado para seu segundo ano na faculdade. O professor Rollins não lhe dava mais aulas, mas eles continuaram se encontrando quase todas as sextas-feiras à tarde. Em uma delas, também tentou testar o conhecimento de seu ex-aluno sobre bandeiras. Ele acertou todas, impressionando seu ex-mestre.

Em outubro, os Red Sox estavam de novo nos *playoffs*. Eles jogariam contra os Anaheim Angels. Varreram a série[40], enquanto os Yankees perderam um jogo para os Twins, mas levaram a série por 3-1. Isso deixou Tony furioso e ele disse que torceria para o time de Boston na final da liga Americana, mais uma vez entre Red Sox e Yankees. E, de novo, o jogo final seria em Nova York, porque os bombardeiros do Bronx[41] haviam feito a melhor campanha. Boston perdeu os três primeiros jogos, incluindo um humilhante 19-8 no Fenway. Prince estava lá e não tinha a menor intenção de voltar para o jogo 4 e ver seu time ser varrido pelo maior rival em casa. Nenhuma equipe jamais havia virado um déficit de 3-0, na história do beisebol. No entanto, pensou: "Bom, por pior que

---

40. "Varrer uma série" significa ganhar de zero. No caso de uma melhor de 5, 3-0.
41. Os New York Yankees são muitas vezes chamados de *The Bronx Bombers* ou "Os Bombardeiros do Bronx" devido à tradição de ser um time que sempre marca muitos *home-runs*.

seja, não dá para ser pior do que foi hoje". Então resolveu que, apesar de tudo, iria sim à próxima partida.

No quarto duelo, Mariano Rivera entrou no 9º inning para decidir as coisas para os nova-iorquinos. O melhor arremessador da história para terminar um jogo. E ele errou. Os Red Sox venceram em 12 innings. E na noite seguinte, em 14. A série voltou para Nova York, e Boston venceu os últimos dois jogos. Finalmente, seu time o fizera feliz. A maior virada da história do beisebol. Prince estava sozinho em seu apartamento e se jogou no chão chorando compulsivamente, mas dessa vez... eram lágrimas de alegria. Ligou para sua mãe, que também soluçava ao telefone, enquanto ouvia seu pai gritando na sala. Tentou ligar para o professor Rollins, mas ele não atendeu. "Provavelmente está comemorando na rua", pensou.

Como visitava o professor toda sexta à tarde, aquela seria ainda mais especial. Assim que o professor abriu a porta, ambos se abraçaram como se eles mesmos tivessem jogado os sete jogos contra os Yankees. O último jogo e a série obviamente monopolizaram a conversa naquela tarde, mas também falaram das expectativas sobre o início da World Series contra os St. Louis Cardinals no dia seguinte. Prince perguntou:

— Eu te liguei depois do jogo para comemorar, tentei seu celular também e você não atendeu. O que aconteceu?

O professor deu um sorriso e uma piscadela.

— Estava em Nova York.

— Nova York? — indagou, surpreso.

— Sim, no Yankee Stadium, eu estava lá. Eu nem ouvi meu telefone tocando e nem me lembrei de verificar as mensagens depois.

— Caramba, isso é fantástico!

— Eu só consegui um ingresso, por isso não te convidei.

— Sem erro, eu não teria ido mesmo, prefiro assistir a esse tipo de jogo sozinho.

— Quer ir para St. Louis para os jogos 3 e 4?

— Não, dependendo de como a série se desenvolver, vou para casa assistir aos jogos que não serão no Fenway com meus pais.

— Ah, isso é muito gentil de sua parte. Posso imaginar o que significará comemorar a vitória dos Red Sox na World Series com seu pai e sua mãe.

Os Red Sox venceram os dois jogos no Fenway, com Prince lá, atrás do banco de reservas. E então ele pegou o avião para casa para assistir aos dois jogos de St. Louis com os pais em Minneapolis.

Os Red Sox varreram a série e foram campeões da World Series.

O último ano de Prince na Northeastern não apresentou muitas novidades. Ele continuou visitando o professor Rollins nas tardes de sexta, indo ao Fenway, museus, Newbury Comics, nas livrarias Barnes & Noble e Trident. E estudava e se dedicava como se estivesse no primeiro ano, tamanho o gosto que tinha pelo curso. O único momento em que sua vida ficou um pouco abalada foi quando o furacão Katrina atingiu Nova Orleans, em agosto de 2005. Ficou arrasado ao ver sua amada cidade natal debaixo d'água e ainda mais preocupado com como seu pai estava encarando aquilo. Ligava para casa todo dia para falar com ele e saber se os amigos da família, na Louisiana, estavam bem. Por sorte, ninguém que conheciam sofreu ou perdeu muito, mas demorou um tempo para seus pais superarem as imagens chocantes que foram mostradas na TV. O Superdome destruído doeu fundo, por causa de todas as memórias, o que significava que, mesmo de longe, também tinham sido atingidos pela tempestade.

Formou-se com louvor em 2006 e voltou para o conforto do lar. Havia feito boas amizades na faculdade, mas era muito ligado à sua vida, rotina e amigos em Minneapolis. Amava Boston e tudo o que a cidade podia lhe oferecer, mas sentia falta daquelas pessoas. Ia sentir saudade das tardes de sexta com o professor Rollins — para quem ele havia feito questão de comprar um box-set com 8 CDs chamado *Atlantic Rythm & Blues 1947-1974* —, mas, obviamente, continuariam se falando.

Através de seu contato com Alice, conseguiu um trabalho como professor substituto para começar sua carreira dando aula de História Antiga (sim, Patrick Rollins realmente tivera um impacto profundo nele) na Universidade de Minnesota e também entrou em contato com a Associação Norte-Americana de Vexilologia para aprofundar seu estudo sobre bandeiras. Descobriu que possuíam algumas publicações e assinou todas elas para receber em casa, além de ler tudo o que tinham *on-line*.

Prince, Alice e Tony continuavam a se ver com certa regularidade e agora havia um novo integrante no clube. Seu nome era Edward Petrucci, mas todos o chamavam apenas de Ed. Ele dava aula de Teologia na mesma universidade e havia sido *winger*[42] reserva do time de hóquei da Universidade de Ohio State. Jogara as finais do hóquei no gelo universitário em 98. Ed era um homem bonito, de olhos castanhos (como o personagem da música de Chuck Berry[43]), loiro, com nariz pequeno e costas largas. Dava para ver que saberia se defender se precisasse e que os anos praticando esporte lhe haviam feito bem. Ouvia bandas psicodélicas obscuras do fim dos anos 60 como Skip Bifferty, Toe Fat e Circus 2000. Estava sempre calmo e sossegado, e ninguém jamais ouvira alguém falar mal dele.

Aos quatro se juntava Hugh, quando voltava da North Carolina para passar o verão e as férias de fim de ano. Estavam sempre juntos, e era uma cena engraçada quando andavam: Hugh e Ed eram altos e fortes (ambos ex-atletas), Tony tinha uma altura média e Prince e Alice eram baixos. Pareciam pessoas que não teriam nada a ver uma com as outras, mas, na verdade, dividiam ideias, ideais e gostos, além de um bom coração.

Mais de três anos se passaram (Prince lamentou muito quando os Saints perderam em Chicago a final da NFC para os Bears em 2006, mas teve a chance de celebrar outra conquista de World Series, desta vez contra o Colorado Rockies, em 2007) e, de repente, algo ainda mais

---

42. *Winger* é o atacante de um time de hóquei.
43. "Brown Eyed Handsome Man" ("Belo homem de olhos castanhos") é uma música de Chuck Berry lançada como lado B do single, "Too Much Monkey Business" em setembro de 1956. Depois fez parte de seu álbum de estreia de 1957 *After School Session*. Anos mais tarde, a versão gravada por Paul McCartney no álbum *Run Devil Run* ganhou até videoclipe.

inimaginável estava perto de acontecer: os Saints venceram sua divisão. Massacraram o Arizona Cardinals na semifinal e fariam a final da conferência contra os mesmos Minnesota Vikings que os haviam derrotado em 2000, com uma grande diferença: o jogo seria em Nova Orleans.

Os Lafitte não puderam ir ao jogo contra os Cardinals devido a compromissos de Scott no Guthrie, mas, para a final, ele fez tudo o que pôde para conseguir ir. Era muito respeitado e amado no teatro, portanto lhe concederam uma semana de folga para que pudesse ir a Nova Orleans com a família e assistir à partida, apesar de ser contra o time da própria cidade do teatro. Todos sabiam que aquilo significava muito mais do que futebol americano para uma família de Nova Orleans, especialmente após o Katrina. Não seria justo impedi-los de ir.

Mesmo antes do início, quando entraram no Superdome, os olhos deles se encheram de lágrimas. Já haviam estado lá após a reforma que ocorrera depois do furacão, mas estar ali num jogo de final da NFC, após anos morando longe e lembrando aquelas imagens chocantes que viram na TV… era demais para os três, que choraram antes mesmo do hino nacional.

Em um jogo tenso, Tracy Porter interceptou Brett Favre e impediu o que poderia ser a vitória dos Vikings no último quarto, levando o jogo para a prorrogação. No tempo extra, após um *field goal*[44], os Saints estavam no Super Bowl pela primeira vez. Enfrentariam os Indianapolis Colts em Miami. Prince ficou tão feliz quanto quando os Red Sox bateram os Yankees em 2004, mas desta vez teve que prestar atenção em outra coisa: seu pai estava literalmente prestes a ter um ataque cardíaco! Paramédicos foram chamados, cuidaram de Scott e ele se conseguiu se acalmar. Depois, foram comemorar na cervejaria Gordon Biersch.

Preocupados com a saúde do chefe da casa, tanto o filho quanto a esposa o proibiram de ir ao Super Bowl.

---

44. As duas principais pontuações do futebol americano são o *touchdown* (quando o jogador corta o plano de gol com a bola em seu poder) que vale seis pontos e o *field goal* (quando o time percebe que não conseguirá fazer o *touchdown* e decide chutar a bola) que vale três pontos.

— Vamos assistir aqui em casa. Chamamos os amigos, fazemos uma ocasião especial, mas não vamos para Miami. Ainda sou muito jovem para ficar viúva e tenho certeza que Prince não quer se tornar órfão de pai — disse Kate.

Assim, no dia 7 de fevereiro de 2010 a casa dos Lafitte estava cheia de gente: Tony, Ed, Alice, Hugh e alguns amigos de Scott do Guthrie. Kate fez asinhas de frango com alho e molho apimentado à parte, e todos, exceto Scott, tomavam com gosto largas quantidades de várias cervejas locais. Alice bebia essas e algumas doses de tequila também.

Apesar de os Saints terem vencido os Vikings no jogo da decisão da NFC, na época do Super Bowl eram o time preferido do país, devido a toda a história de superação dos mais terríveis reveses. Por isso, pelo menos os habitantes de Minneapolis na casa dos Lafitte estavam torcendo para eles, apesar de Tony continuar reclamando de uma pancada ilegal sobre o *quarterback*[45] no terceiro quarto do jogo anterior.

Os Colts eram favoritos destacados e terminaram o primeiro tempo vencendo de 10-6. Mas aquele time de Nova Orleans estava destinado a vingar todos os anos em que a equipe foi motivo de riso de toda a liga. Iniciaram o terceiro quarto com um *on-side kick*[46] e daí em diante só deu o time da *Big Easy*. O retorno para a história e para o *touchdown*, após mais uma interceptação de Tracy Porter, fechou o caixão no último quarto. Eles venciam o Super Bowl. Prince e seu pai choravam copiosamente, sua mãe não conseguia parar de rir e todos os amigos parabenizaram o pai e o filho. Ele vivera para ver tanto os Red Sox como os Saints serem campeões. Parecia que nada podia dar errado em sua vida.

---

45. O *quarterback* é o jogador que lança a bola para os outros jogadores e é a peça mais importante de qualquer time de futebol americano.
46. Toda vez que um jogo de futebol americano é reiniciado, o time que ficará na defesa chuta a bola para o outro que irá atacar. Um *on-side kick* é uma jogada raríssima, em que o time que ficará na defesa decide chutar a bola apenas dez jardas porque, após percorrer essa distância, a bola pode ser agarrada por qualquer time. É raro por ser muito arriscado. Se o outro time conseguir pegar a bola, ele já está muito próximo da meta do adversário.

* * *

Alguns meses depois, Tony saiu da casa de seus pais e foi morar em um apartamento em Loring Park. Estava muito empolgado com a mudança e então convidou todos os seus amigos para uma "noite de abertura" em sua nova residência. Obviamente, todos compareceram e, no meio da noite, Alice pediu para sentar no sofá porque não estava se sentindo bem.

— Argh, que dor! Estou sentindo uma pontada bem aqui — ela disse, apontando para o lado direito de sua costela, perto do pâncreas e do fígado.

Hugh, que era médico, ficou um pouco preocupado:

— É a primeira vez que você sente isso, Alice?

— Com essa força, é. Tenho sentido um certo desconforto, mas nada como o que eu estou sentindo agora. Caramba, como dói.

— É melhor você ir para casa agora e ir ao médico amanhã. Pode não ser nada, mas nunca se sabe. — Ele parecia receoso de verdade.

— Vamos, Alice, eu te levo para casa — disse Ed.

Prince e Hugh ficaram, e, assim que ela e o amigo deixaram o apartamento, o primeiro perguntou:

— Fala sério, seja honesto. Eu te conheço. É algo sério?

— É difícil saber sem exames mais detalhados, mas considerando o jeito que ela fumou e bebeu a vida inteira e o local da dor, pode, sim, ser algo sério. Torçamos para que não seja.

Os outros dois se entreolharam, preocupados. O dono da casa ficou particularmente abatido, porque Alice era parte de sua vida desde aquele encontro no Brit's Pub. Eles se viam com frequência na universidade e saíam juntos quase todo fim de semana. E apesar de Prince ter passado sua vida universitária em Boston, também adorava a companhia de Alice, pelo tipo de humor sarcástico que ele tanto admirava.

Ele e Hugh não ficaram muito tempo depois disso, porque o clima tinha ficado meio pesado. E o próprio anfitrião não estava mais com ânimo para festa. Todos estavam ansiosos sobre o dia seguinte, que era sábado.

No início da tarde, Tony ligou para a casa da amiga. A avó dela, Sarah, atendeu ao telefone:

— Alô?

— Oi, senhora Eisen, é o Tony. Como está a Alice? Foi ao médico?

— Está se sentindo muito melhor, disse que foi só um mal-estar e hoje a dor sumiu. Aliás, saiu para passear com o cachorro.

— Que bom ouvir isso, mas nosso amigo Hugh é médico e acha que ela deve fazer uma consulta. Pode até mesmo indicar alguém que ele ou sua mãe conheçam.

— Eu sei, mas você não conhece a peça? Se ela diz que não é nada, não há um ser humano no mundo que a faça mudar de ideia. Tentei, mas ela não me ouve.

— É, eu sei, ela é cabeça-dura. Enfim, vou ligando e, se a senhora precisar de alguma coisa a qualquer momento, ligue para mim, Prince, Ed ou Hugh. Estamos à disposição.

— Eu sei, querido. Muito obrigada. Ela gosta muito de todos vocês. Ligo se precisar de algo. Tchau.

Tony ligou para os outros, e Hugh ficou particularmente irritado por ela não ter ido ao médico.

— Caramba, como é teimosa! — reclamou pelo telefone.

Naquela noite de sábado, todos (inclusive Alice) haviam planejado ir ao cinema para assistir *A Rede Social* e depois jantar em um lugar mais sofisticado: o McCormick & Schmick's na Nicollet Mall. Esperavam por Ed e a amiga na frente do cinema, quando o primeiro chegou sozinho.

— Cadê ela? — perguntou Tony.

— Não está se sentindo bem, está doendo de novo, então não quis vir.

— Já chega. Vou levá-la ao médico amanhã, queira ou não queira — disse um impaciente Hugh.

— É domingo — ponderou Prince.

— Sem problemas. Eu e minha mãe conhecemos muitos médicos. Podemos arrumar uma consulta. O que não podemos fazer é ficar parados esperando algo de ruim acontecer.

Os outros três acenaram com a cabeça, concordando, e entraram no cinema.

Apesar de todos terem gostado do filme, não conseguiram aproveitar totalmente, e o jantar no McCormick foi esquisito. Estavam muito preocupados com Alice e sentiram falta de sua presença à mesa. Era sempre uma alegria estar com ela, e tudo era menos divertido em sua ausência.

Assim que chegou em casa, Hugh contou para sua mãe a situação e ela disse que conhecia um hepatologista que poderia ajudá-los. A doutora Samantha Porter ligou para ele, e combinaram que ele os receberia na manhã seguinte, apesar de ser domingo. Deu a notícia ao filho, que garantiu a ela que levariam Alice ao médico. Hugh ligou e falou com Sarah, que também expressou preocupação, porque sua neta não parecia mais tão segura de que era algo trivial. Iriam à consulta na manhã seguinte.

No domingo cedo, os quatro amigos se juntaram do lado de fora da casa, esperando pela amiga e sua avó. Quando chegaram, Sarah andava com um braço apoiando a neta, que estava com problemas até para se locomover. A dor havia aumentado durante a noite e ela já mal se aguentava em pé. As duas foram no carro de Tony, enquanto Prince e Ed foram na frente no carro de Hugh em direção ao consultório que o médico abriria especialmente para eles.

O local era no Open Cities Health Center em St. Paul, o mesmo prédio em que a doutora Samantha tinha o consultório dela. Quando chegaram, o doutor Oscar Stills esperava por eles. Permitiu apenas a presença de Sarah na sala em que examinaria Alice.

Cada segundo parecia um minuto, e cada minuto parecia um dia para os quatro jovens na sala de espera. Depois de mais ou menos quarenta e cinco minutos, o doutor Oscar apareceu na porta e chamou apenas Hugh, que entrou e saiu rapidamente.

—Vão interná-la agora. Eles precisam fazer uma biópsia do pâncreas para ver exatamente o que é. Vai para a UTI, e temem pelo pior.

— Pior? O que é pior? — perguntou um desesperado Tony.

— Pode ser câncer e já com metástases. Ainda é cedo para dizer qualquer coisa em definitivo. Como médico, eu lhes garanto que farão tudo que estiver ao alcance deles. Vamos confiar e rezar.

Os outros três não sabiam o que fazer, só olhavam para Hugh, sem piscar, e, quando a porta se abriu de novo, todos correram na direção de Sarah, que obviamente estava mais arrasada do que todos eles. Ela tinha 83 anos e já havia perdido um filho e um marido muito cedo. Agora, estava prestes a passar por mais um sofrimento com sua única neta, que tinha criado como sua própria filha. Mal conseguia se mover, chorava e tinha dificuldade para respirar. Os quatro jovens e o doutor Oscar estavam ajudando-a a dar um passo por vez.

— E as despesas médicas? Não podemos pagar o que eles vão cobrar... Nosso plano de saúde não cobre...

— Deixe isso comigo, senhora Eisen. Não se preocupe, eu me encarrego de tudo — disse Prince.

Alice foi levada às pressas para o hospital. Ed se voluntariou a ficar na casa dela e cuidar de Sarah. Ela queria ir ao hospital, mas naquele estado emocional frágil e com sua idade avançada, todos a aconselharam a não fazer isso.

A cirurgia foi na manhã de segunda-feira, e quando os resultados do patologista vieram, os piores temores de todos foram confirmados: tinha câncer de pâncreas já em estado avançado. Tentariam químio e radioterapia, mas não havia garantia nenhuma.

Quando Hugh contou aos outros, foi como uma bomba, devastou a todos. E o pior era a sensação de impotência. O que poderiam fazer? Nada, a não ser rezar e tentar fazer companhia a ela sempre que pudessem. E até isso era difícil. Ela voltava da quimioterapia semimorta, e seu lindo cabelo no estilo Bettie Page estava caindo rapidamente. Engolir era uma tarefa hercúlea, e tomava remédios fortíssimos porque sentia uma dor insuportável, então mal conseguia ficar acordada. Era um sofrimento sem fim, não só para ela como para seus amigos e, obviamente, para sua avó.

Prince foi visitá-la uma tarde e ela não conseguia parar de vomitar, foi duro testemunhar aquilo. Quando a deixou, deu-lhe um beijo na testa e disse tchau. Foi a única vez que pronunciou uma palavra o tempo todo que ele estava lá.

— Tchau — Alice retrucou. E, aí, sabia dentro dele que perdera sua amiga.

Ela morreu no dia 12 de outubro de 2010, à 1h52 da manhã. Tinha quarenta anos.

O funeral foi algo que surpreendeu até sua avó, dada a quantidade de pessoas presentes. Sarah não tinha ideia de que sua neta era tão amada e, apesar de estar obviamente arrasada, estava melhor que muitos ali. Tony, Prince, Ed e Hugh simplesmente não conseguiam parar de chorar, e Scott e Kate também estavam lá, já que gostavam muito de Alice. Foi enterrada ao som de "The Queen is Dead" dos Smiths, porque dissera uma vez a seus amigos que era a música que queria em seu enterro.

Após darem os pêsames a Sarah e garantirem que podia contar com eles para qualquer coisa, os quatro amigos decidiram dar uma chegada até o Brit's Pub e honrar o nome de Alice tomando uma Guinness cada. Não que estivessem felizes, mas acharam que era como ela gostaria de ser lembrada. E, no fim das contas, riram muito lembrando de suas frases, observações e ideias mais marcantes.

* * *

Em janeiro do ano seguinte, Scott, Kate e Prince convidaram os três amigos novamente para um fondue em sua casa, mas Hugh não pôde ir. Era uma noite congelante e eles assistiam a um jogo de *Wild Card*[47] da NFC entre o Green Bay Packers e o Atlanta Falcons. Pai e filho estavam tristes, porque os Saints haviam perdido para os Seahawks na semana anterior. Tony não perdeu a chance de provocar um pouco:

---

47. *Wild Card* é como se fosse uma repescagem. Existe nos campeonatos de futebol americano, beisebol e hóquei.

— Viu? Quando os Saints não atingem o *quarterback* de forma ilegal, eles não vencem. — Ele se referia ao lance polêmico na final de conferência de 2009, que levou os Saints ao Super Bowl, em que muitos torcedores dos Vikings acharam que o juiz deveria ter marcado falta.

Prince ficou um pouco nervoso.

— Você ainda está falando disso? Meu Deus, não é de espantar que o pessoal dos outros times fala que *vikings* de verdade teriam desgosto de vocês por causa do tanto que vocês choramingam. Foi uma jogada dentro das regras; quer ver de novo no YouTube para ter certeza?

Tony riu.

— Só estou enchendo você e seu pai. Foi mal, eu sei que não gosta deste tipo de brincadeira, nunca gostou.

— É, que bom que lembrou. Mudando de assunto, cadê o Hugh?

— Eu liguei e ele disse que sentia muito não poder vir porque estava com uma dor de cabeça terrível. Ele mesmo está um pouco surpreso, porque nunca foi de ter dor de cabeça, quanto mais uma que o impedisse de fazer alguma coisa.

Ed parou a conversa.

— Espero que não seja nada sério. Depois do que aconteceu com a Alice ano passado, eu me preocupo com qualquer coisa.

— Não, talvez seja só uma enxaqueca, não deve ser nada — disse Tony.

Algumas semanas depois, em fevereiro, todos, inclusive Scott, combinaram de ir a um jogo do Wild no Xcel Energy Center em St. Paul. O hino nacional já havia tocado, a partida estava prestes a começar e não havia sinal de Hugh ou Tony. O último chegou após três minutos do início do jogo. Prince perguntou-lhe imediatamente:

— Cadê o Hugh?

— A gente estava vindo e ele começou a sentir uma dor de cabeça muito forte e uma certa tontura, aí decidiu não vir mais. Fiquei preocupado e o fiz ligar para a mãe e contar o que estava acontecendo. Ligou e ela disse que ele vai ao médico amanhã. Estou preocupado.

— É, eu também estou. Vou ligar amanhã. Como o Ed disse outro dia, depois do que aconteceu com a Alice… Eu sempre tento ser positivo e pensar que não é nada, mas quero saber exatamente como ele está.

Não aproveitaram o jogo, já que suas cabeças estavam em outro lugar, preocupadas com seu grande amigo.

Como havia prometido, a primeira coisa que Prince fez na tarde seguinte foi ligar para Hugh. Ninguém atendeu. Poderia ter mandado uma mensagem, mas agora estava muito receoso, então ligou para a doutora Samantha.

— Oi, senhora Porter, é o Prince. Estou tentando ligar no telefone do Hugh, mas ele não atende. Eu queria saber como é que foi hoje no médico. A senhora sabe onde ele está?

— Oh, Prince! — Ela estava soluçando, o que fez Prince congelar do outro lado. — Ele está aqui. Desligou o telefone e não quer falar com ninguém. Prefiro falar sobre isso pessoalmente… Se você puder chamar os outros para virem até a nossa casa, eu explico tudo para vocês, e ele provavelmente vai se sentir melhor também.

Teve que se controlar para não chorar e ficou mudo por um segundo.

— Senhora Porter… tem certeza de que tudo bem se a gente for aí? A senhora parece abalada e me parece que é algo sério…

— Por favor, por favor, venham. Eu explico tudo e tenho certeza que Hugh vai se sentir melhor. Ele adora vocês.

O jovem desligou o telefone e, tentando não ficar desesperado, ligou para Tony e para Ed logo depois. Concordaram em se encontrar na casa de Hugh às seis da tarde em ponto.

Chegaram todos no horário. Tony tocou a campainha, e a senhora Porter atendeu. Samantha Porter era uma mulher negra alta, com um rosto lindo e olhos verdes, e parecia muito mais nova do que sua idade real, mas naquele dia dava para perceber que estava aflita. Seu cabelo estava desgrenhado, e seu rosto era o reflexo do sofrimento.

— Oi, por favor, entrem. Hugh está na sala com o pai dele.

A casa era linda. Os móveis eram de madeira de lei, e as paredes decoradas com pinturas americanas modernas. Na cornija da lareira da sala estavam alguns troféus da carreira vitoriosa de Hugh no basquete do Fundamental II e do Ensino Médio. Estava sentado no sofá, ao lado de seu pai. Michael Porter cumprimentou os jovens de forma alegre, mas era claro que não queria falar muito. Mesmo sentado, dava para ver que era um homem alto e forte, com ombros largos, seus cabelos quase que totalmente brancos.

Quando Samantha entrou na sala, foi ela que começou a falar:

— Fomos ao médico hoje, e depois de um *check-up* preliminar, eles decidiram que era melhor fazer uma tomografia da cabeça dele. Quando chegaram os resultados, localizaram um tumor no cérebro — disse, sem meias palavras. — Basicamente é isso.

Silêncio na sala. Dava para ouvir um alfinete cair. Os três amigos respiraram fundo e olharam para baixo. Depois da morte de Alice, era provavelmente o pior momento da vida deles. Prince tomou coragem para dizer algo:

— E agora? Você vai tratar? Tem como tirar?

Hugh respondeu:

— Sim, vou começar a quimioterapia amanhã. Disseram que o tumor é muito grande para operar agora, temos que esperar diminuir. O ruim é que esse tipo de tumor pode recidivar, mesmo depois da cirurgia.

Prince, Tony e Ed perceberam que não havia mais por que ficar ali muito tempo. Despediram-se do amigo, garantindo que estariam ao lado dele para o que precisasse, quando ele quisesse, dia ou noite. Também tentaram fazê-lo se sentir melhor dizendo que ele era forte e venceria.

Os três deixaram a casa de Hugh sem falar uma palavra uns com os outros. Nas suas cabeças, havia apenas um pensamento: primeiro Alice, agora Hugh? Parecia uma conspiração de quem quer que fosse que controlava o destino deles, era horrível.

Tony e Ed foram para suas respectivas casas, mas Prince decidiu dar uma volta. Estava muito chateado e precisava espairecer. Assim, foi até a Nicollet Mall e entrou na Barnes & Noble. Pensou que talvez ficar um tempo ali ajudaria. Então, foi até a parte de livros em oferta e começou a pesquisar. Entre vários livros de fotos da Segunda Guerra Mundial e de culinária, encontrou um fino e de capa mole com o título: *A História Secreta da Medicina*, de autoria de um médico indiano chamado R. H. Paharishi. A pequena biografia do doutor Paharishi na parte de dentro dizia que ele era um cirurgião torácico que trabalhara na Universidade Johns Hopkins, em Baltimore. Este trabalho era publicado *post-mortem*, já que o autor havia morrido aos 95 anos em 2008. Prince se interessava por qualquer tipo de história e, como nunca havia lido nada sobre a da Medicina — quanto mais uma secreta — e o livro era fino e muito barato, decidiu comprar. Estava com seu cartão de membro, então ainda teve desconto e pagou US$ 5,75.

Naquela noite, antes de dormir, começou a ler. O texto do doutor Paharishi era agradável, como se estivesse contando uma história para seus amigos mais próximos. Depois de histórias de médicos que trabalharam a favor da Igreja para condenar supostos hereges e torturadores, que usaram prisioneiros para desenvolver remédios, o último capítulo era intitulado "...*E cura para todos*". Estava com sono, mas achou a brincadeira com a última frase do juramento à bandeira americana tão legal ("...*E justiça para todos*"), além de lembrar-lhe imediatamente do Metallica e do Wasp, que continuou lendo[48].

Essa parte narrava uma lenda que dizia que, desde o fim da Segunda Guerra Mundial, alguns médicos, químicos, biólogos, microbiólogos, geneticistas, botânicos, veterinários e farmacologistas de diferentes raças, credos e países eram parte de uma sociedade secreta chamada "*Corda Omnipotens*" (em português, "Corações Poderosos"). Possuíam inclusive um símbolo, que era um coração com um halo que usavam em seus documentos internos.

De acordo com o texto, através de anos de experimentos e testes usando apenas ingredientes naturais, tais cientistas criaram um tônico

---

48. A última frase do juramento à bandeira dos EUA é: "...*And justice for all*" ("E justiça para todos"). O Metallica possui um álbum intitulado ...*And Justice For All*, e o Wasp tem uma música em seu álbum de estreia chamada "School Daze" que começa com o juramento.

mágico que curaria todas as doenças. O relato do doutor Paharishi chegava inclusive a citar alguns dos ingredientes: ervas africanas de Ruanda, folhas de sicômoro dos Estados Unidos, óleo de castanha-do-pará, água tratada do Rio Ganges da Índia, rum cubano e saliva de pássaros *kiwi* da Nova Zelândia.

Concluíram, após anos de estudos, que essas e outras substâncias, misturadas na dose certa, curariam qualquer mazela que pudesse atingir o ser humano: todos os tipos de câncer, Alzheimer, Parkinson, doença de Lou Gehrig, qualquer uma. Mostrariam a descoberta ao mundo em um encontro da ONU em Nova York em 12 de dezembro de 1991.

Porém, empresas farmacêuticas e vários médicos e clérigos não gostaram muito da ideia. Isto era algo que acabaria com a indústria de remédios, diminuiria a fé das pessoas (por que pediriam a ajuda de Deus em caso de doença, se havia algo que as curasse?) e deixaria profissionais da saúde sem emprego. Então, todas essas pessoas juntaram seus esforços e descobriram o laboratório secreto dos cientistas em Tromso, na Noruega. Encontraram tudo destruído e não conseguiram prender nenhum dos cientistas, que fugiram, após apagar e queimar qualquer sinal de receita do tônico. Mas havia uma teoria que dizia que um tubo de ensaio fora salvo e escondido.

O mito sobre o tônico era o seguinte: o lugar secreto onde havia sido escondido precisava de "algo especial" para ser aberto; havia seis cientistas presentes no dia em que o laboratório oculto fora destruído que deixaram pistas para se achar o local e o tal "algo especial" em livros que escreveram. O coração e o halo marcariam as localidades importantes do mistério. Os cientistas estavam todos mortos, cada um deles havia escrito apenas um livro e publicado somente um único exemplar. Cada publicação com uma característica em comum: todas possuíam a palavra "natureza" no título.

Já amanhecia quando Prince terminou a leitura. Precisava dormir, já que daria aula dentro de algumas horas na universidade, mas não conseguia. Sua mente não parava de pensar: "algo para curar todas as doenças. Não só é o superpoder que eu sempre quis, como também é a chance de salvar a vida de Hugh. E, de acordo com esse relato, foi tudo desenvolvido por uma Sociedade Secreta. Eu li o livro do Rollins sobre elas e não havia nem menção à '*Corda Omnipotens*'. Por quê? Tenho que ligar para ele".

Sabia que também era cedo na Costa Leste, mas ligou para seu ex-professor e mentor. Uma voz ainda bocejando atendeu:

— Alô?

— Professor, é o Prince.

— Prince? Não que eu não esteja feliz em falar com você, mas que horas são? O que quer assim tão cedo? Aconteceu alguma coisa?

— Desculpe, eu sei que é cedo, mas tenho que saber sobre a "*Corda Omnipotens*".

— O quê?

— "Corações Poderosos". Não há nada em seu livro sobre eles; por quê? Eu preciso saber.

— Isso é um conto de fadas, uma história da carochinha, é mito puro. Meu livro foi massacrado por críticos que acharam que eu havia ido longe demais, e até eu achei que isso já era exagero.

— Não importa, eu quero saber.

— Na verdade é algo tão absurdo que não dá nem para contar pelo telefone. Por que você quer tanto saber sobre isso?

— Tenho minhas razões, depois eu te conto. Aquilo do laboratório destruído é verdade?

— Supostamente, mas nem isso foi confirmado.

— Quero pelo menos saber o nome dos cientistas que estavam lá quando foi atacado.

— Isso também é impossível. De acordo com a fábula, se você me permite chamar assim, quatrocentos cientistas eram parte da sociedade, e ninguém sabe quem eram aqueles seis especificamente. A única coisa que se sabe sobre eles é que eram os únicos com permissão para usar algum tipo de ornamento (um pin, um anel, uma abotoadura) com o símbolo. Mas mesmo assim ainda é um tiro no breu, mais do que no escuro. Olha, eu posso te mandar um arquivo com informações mais detalhadas. Tenho isso porque ia usar no livro, mas, como eu lhe disse, achei que já era exagero.

— Ótimo, por favor, mande para mim. Assim que eu puder conto toda a história por trás de meu interesse. Agora preciso desligar, tchau.

— Estou ansioso para ouvir. Tchau.

CAPÍTULO 5

Prince terminou suas aulas e depois deu uma passada na casa de Hugh para ver como ele estava. Não o encontrou lá, e o senhor Porter informou que ainda não havia voltado da quimioterapia. Agradeceu e foi correndo para casa, porque queria ver se o professor Rollins havia mandado o arquivo. Ele havia. Correu até a geladeira, pegou uma garrafa de Coca-Cola e começou a ler.

"'*Corda Omnipotens*', ou 'Corações Poderosos' em português, era supostamente uma sociedade secreta formada apenas por cientistas. Ninguém nunca teve qualquer prova irrefutável de sua existência, mas de acordo com a lenda eles eram vistos por políticos e pela Igreja da mesma forma que o Primeiro-Ministro britânico Benjamin Disraeli via as sociedades secretas dos anos 70 do século XIX: uma grande ameaça à ordem mundial. A crença deles era a ciência e eles iniciariam uma guerra contra a religião, o Estado e a família.

Porém, diferentemente de todas as outras organizações do tipo, não tinham qualquer ambição política — como tinham algumas que se tornaram poderosas na Itália e na França nos idos de 1850. Não queriam controlar políticos, incitar revoluções ou tomar o poder para si; o objetivo deles era exclusivamente científico. E mais: suas origens remontavam ao fim da Segunda Guerra Mundial, não aos séculos XVIII ou XIX, e se iniciou nos Estados Unidos e não na Europa.

A história começa em 1946, quando alguns cientistas se encontraram em Portland, no Maine. Nessa reunião, decidiram que se reuniriam anualmente todo dia 15 de fevereiro (aniversário de Galileu Galilei) para discutir como o meio ambiente natural poderia melhorar a vida da sociedade como um todo.

Essas reuniões foram acontecendo, e o fato se espalhou entre médicos, químicos, veterinários, botânicos, geneticistas e toda ordem de profissionais da ciência ligados à natureza. Em 1953, fizeram uma reunião na qual estabeleceram as quatro regras básicas de sua sociedade recém-formada: 1- O comando principal seria sempre dividido entre seis grão-mestres. 2- Apenas eles poderiam usar algo com o símbolo da sociedade — um coração com um halo (um pin, um anel, uma abotoadura, qualquer coisa). 3- A posição de grão-mestre era vitalícia e, no caso da morte de um deles, o novo grão-mestre seria escolhido por decisão unânime dos outros cinco. 4- Todos os integrantes fariam um juramento no qual se comprometiam a não revelar nada sobre a sociedade a ninguém que não fosse se tornar um membro.

Os Estados Unidos e a União Soviética dividiam o mundo na época em que a '*Corda Omnipotens*' foi fundada. Mas os EUA, mais do que nunca, eram a terra da liberdade, o lar dos corajosos e 'o local da oportunidade para toda menina e menino', enquanto a URSS era um país vivendo em um regime autoritário com possibilidade zero de crescimento pessoal. Era natural que um grupo de pessoas que visava trabalhar com ciência, ainda que de forma secreta, decidisse se reunir em terras americanas. Isso também explica o número de estrangeiros nas fileiras da 'Corações Poderosos', já que o país era um ímã para toda sorte de intelectuais.

O *modus operandi* da 'Corações Poderosos' tinha ligações com as *societés de pensée* ou sociedades de pensamento francesas — que tiveram um papel importante em espalhar o Iluminismo na França Provençal —, com as sociedades de leitura da Alemanha e com as academias esclarecidas da Itália, que eram quase ingênuas em sua busca por um bem maior.

Da metade para o fim dos anos 60, cientistas de dentro da 'Corações Poderosos' começaram a suspeitar que seus segredos estavam vazando para o mundo de fora, uma vez que alguns dos princípios que guiavam o movimento hippie eram muito similares aos seus, como por exemplo o amor incondicional à natureza. Ela era tudo o que importava na vida, e a Terra daria à humanidade curas para qualquer coisa, era só uma questão de pesquisa e boa vontade. A Mãe-Natureza recompensaria no fim. Assim como a lenda que ligava os Maçons aos Cavaleiros Templários, especulou-se que a 'Corações Poderosos' tinha ligações com o movimento hippie.

No entanto, apesar de a lenda afirmar que os cientistas admitiam semelhanças com os princípios hippies, é taxativa em dizer que nunca houve uma ligação real. Era muito arriscado, especialmente em uma época de agitação social no mundo. Obter um tônico mágico através de recursos naturais no meio do século XX era o equivalente a transformar metal bruto em ouro através da alquimia no século XVIII: provavelmente impossível, mas e se não fosse? Aí seriam um alvo para pessoas bem perigosas.

Como de costume quando se trata de sociedades secretas, a '*Corda Omnipotens*' também reivindicava uma origem antiga. Dizia-se que, na verdade, o tônico havia sido desenvolvido pela primeira vez por um poderoso químico que vivia nas Terras Altas escocesas durante a Idade das Trevas. Obviamente, fora acusado de feitiçaria, preso, torturado, queimado na fogueira e a primeiríssima versão do tônico foi destruída. Mas, segundo o que se conta, ele conseguiu passar seus princípios de lidar com o que a natureza oferece para encontrar a cura de tudo para um jovem que ele conhecia e que fugiu para a França.

Lá, também de acordo com a história, esses princípios chegaram a outra figura obscura chamada Martinez de Pasqually, um aventureiro francês, médium, autor de um livro incompleto chamado *Tracté de Réintegration* (Tratado de Reintegração) e também conhecido como o 'Filósofo Desconhecido'. Era católico, e seus primeiros escritos apareceram na França por volta de 1750, intitulados *Judges Écossais* (Juízes Escoceses). Ninguém nunca viu esse livro para saber exatamente sobre o que falava, mas dentro das fileiras da 'Corações Poderosos' acreditava-se que se referia à vida e obra do místico químico da Escócia. Basicamente, era isso que se sabia sobre Pasqually.

A crença de que a natureza poderia salvar-nos de todas as doenças continuava circulando pela Europa no século XVIII. Um pastor chamado John Augustus Starck viveu em Paris e formou uma sociedade secreta (que se acreditava ser uma pré-'*Corda Omnipotens*') chamada 'Clérigos Templários', que alegava possuir poderes sobre os processos naturais.

A partir de 1750, muitas sociedades secretas floresceram entre homens e estudantes universitários ansiosos para estudar artes e línguas visando desmascarar o obscurantismo e a tradição, em prol da compreensão da natureza humana. Os membros dessas sociedades estavam dispostos a infiltrar integrantes em posições de autoridade e influência para tentar mudar o *status quo*. Jovens distintos, ricos e capazes eram vistos como alvo para recrutamento de tais organizações, e diz-se que pessoas como Goethe e Mozart fizeram parte delas durante algum momento de sua vida.

Mas quando a '*Corda Omnipotens*' foi formada, em 1946, o objetivo não era derrubar líderes ou desafiar a religião, e sim desenvolver algo que beneficiaria a todos no planeta, independentemente de ideologia, credo, posição social e política.

Aquela primeira reunião realizada em Portland em 1946 havia sido organizada por um neurologista dinamarquês chamado Henrik Svenson, que chamou pessoas que, ele sabia, almejavam satisfazer ideais como os seus. Eram homens e mulheres de todos os tipos de ciência, que sempre haviam tido objetivos humanitários e planejavam melhorar a vida em geral ao redor do mundo. O sonho de Henrik era que reconhecessem esses objetivos em comum entre si e trabalhassem para que isso acontecesse.

Tinha 30 anos na época da reunião e, de acordo com os escassos dados que se tem sobre isso, contou às trinta pessoas que ele conseguiu reunir que a primeira preocupação daquela sociedade seria a cura; mas não de uma forma esotérica, espiritual ou através de rituais. Iriam abordar isso como uma busca científica, baseada no princípio de que a natureza, e só ela, lhes forneceria tudo que precisassem. Inclusive criou o símbolo: um coração com um halo. O coração simbolizaria o carinho, e o halo seria um símbolo de Deus. Possuíam o mesmo carinho pela humanidade que Deus.

Aqueles trinta foram mais do que incentivados a trazer novos integrantes para se juntarem à sociedade, desde que tivessem certeza de que eles compartilhavam os mesmos ideais e objetivos, e isso deu certo. Os trinta chamaram mais alguns, que por sua vez chamaram mais alguns, e mais ou menos no meio dos anos 50 a 'Corações Poderosos' tinha por volta de quatrocentos membros.

Conseguiram passar despercebidos mesmo quando o senador americano Joseph McCarthy achou que todo mundo era comunista e tudo era propaganda de esquerda. O segredo dos encontros em Portland era bem guardado. Todavia, no meio dos anos 60, a vigilância do FBI aumentou de forma exponencial. Hoover, com a anuência do presidente Richard Nixon, começou a infiltrar e grampear todas as manifestações e movimentos de direitos civis, e um dia os integrantes da Sociedade Secreta viram uma figura suspeita em terno preto elegante, um chapéu *fedora* e uma gravata fina, fumando um cigarro e andando perto do local de reunião deles. Quando contaram a Henrik, ele não quis esperar para descobrir se o homem era de fato um agente do FBI e avisou a todos que as reuniões começariam a se realizar na Europa.

Fizeram encontros em Veneza, Viena, Bilbao, Sheffield, Hannover, Berna, Gotemburgo, Riga e Oslo. Nessa última, Henrik foi abordado por um dos membros, que era norueguês e disse-lhe que havia alguém que gostaria que conhecesse.

Conheceu então o padre Flo, de Tromso, uma linda cidade acima do círculo polar Ártico. O padre lhe falou sobre sua admiração pelo trabalho que faziam e como ficava triste de terem que realizá-lo de forma tão escondida. Svenson respondeu-lhe que o sacrifício valia a pena e que era um projeto a muito longo prazo. Tinha confiança de que dali a vinte anos chocariam o mundo e o livrariam de todas as doenças para sempre. Mas agora precisavam de um grande laboratório para fazer um sem-número de testes e não conseguiam achar um lugar para construí-lo. Foi quando o padre Flo ofereceu-lhe o espaço embaixo da recém-construída catedral do Ártico. Explicou a Henrik que o amigo em comum deles, Tore Nyland, estava num dilema sobre algo que estava fazendo e queria contar ao religioso, porque sabia que ele o ajudaria, mas era proibido devido a um juramento que havia feito. O clérigo garantiu ao cientista que aquela conversa teria o mesmo peso de uma confissão e que o segredo estaria a salvo. Tore então contou ao padre tudo sobre a sociedade secreta da qual fazia parte. O amigo ficou abismado com toda aquela história, especialmente pela necessidade das reuniões secretas. Como a construção da catedral havia começado em 1964, achava que o local embaixo (usado normalmente para guardar arquivos, turíbulos usados, santos quebrados e pinturas gastas) poderia abrigar um laboratório de um bom tamanho. Naquele exato momento, ele o estava oferecendo para um Henrik boquiaberto e de olhos arregalados.

O dinamarquês aceitou a oferta e agradeceu-lhe por sua generosidade. Continuaram a realizar encontros pela Europa, mesmo após a descoberta dos arquivos secretos de J. Edgar Hoover, em 1971, ter feito a vigilância nos Estados Unidos diminuir exponencialmente. Afinal, apesar de tudo, a Guerra do Vietnã estava em curso e Nixon ainda ocupava o Salão Oval. Após o impeachment do chefe de Estado americano, o laboratório na Noruega estava montado e eles não precisavam mais de outros lugares. Trabalhavam de forma incessante, sempre que podiam, e continuavam a melhorar e a modernizar o local.

Um dia, nos estágios finais de desenvolvimento do tônico, em novembro de 1991, os cientistas que trabalhavam lá naquela noite estavam tão à vontade que acabaram cometendo um deslize em sua própria confiança exagerada. Exceto o padre, ninguém sabia da existência daquele lugar. Naquela noite, porém, eles deixaram a porta aberta e um diácono radical, que visitava Flo, ouviu, vindo de algum lugar abaixo de onde estava, a frase sacrílega: 'Isto pode ser comparado ao trabalho de Deus!'. Saiu correndo imediatamente para contar a seus superiores.

Porém, o norueguês padre Flo, chefe daquela igreja, era respeitado e querido por todos e com apenas algumas palavras asseguraria a qualquer pessoa que lhe perguntasse sobre o que acontecia nos subterrâneos da catedral que era tudo imaginação de alguém bastante perturbado.

Mas daquele momento em diante estariam sob escrutínio. Teriam que ter muito mais cuidado. Cinco dias após aquele acontecimento, viram que só havia uma solução. Os cientistas destruíram o laboratório e, segundo conta a história, salvaram um tubo de ensaio do tônico miraculoso. Naquele dia, havia seis cientistas no laboratório, e o que se diz é que combinaram de escrever um livro cada um, publicar apenas uma cópia de cada e deixar neles pistas que levariam ao lugar onde o tônico estava escondido e como chegar até ele.

Essa história é uma lenda entre os estudiosos de sociedades secretas. A única coisa comprovada sobre tudo isso é que um grande número de cientistas escreveu livros sobre as possibilidades de se encontrar a cura para todas as doenças apenas através da intervenção da natureza. Daí a acreditar que eles eram parte de uma organização clandestina, que chegou de fato a produzir um tônico curativo e escondê-lo, é ir longe demais. Não é nem sabido se o próprio Henrik Svenson, que é tido como o fundador da '*Corda Omnipotens*', realmente iniciou tal grupo. Tudo aponta para que isso seja uma lenda urbana."

Depois deste último parágrafo, havia uma lista de quatrocentos cientistas que teriam sido parte da "*Corda Omnipotens*", apesar de não se ter certeza sobre nenhum deles (nem mesmo Henrik Svenson, partindo do princípio de que era tudo uma lenda).

"É meio exagerado pensar que possa ser verdade", Prince ponderou, "mas é tão absurdo que talvez ninguém tenha pensado em ir a fundo nisso... e é o que eu vou fazer."

CAPÍTULO 6

Era cedo na noite seguinte quando Prince pegou o telefone e ligou para Rollins.

— Professor? Acabei de ler seu arquivo sobre a "*Corda Omnipotens*". É uma história e tanto, bem difícil de acreditar...

— Mas?

— Mas eu acho que é tão improvável que ninguém nunca se interessou de verdade por isso. Estou disposto a ir aonde ninguém foi antes com essa lenda, quero investigá-la.

— Prince, eu escrevi um livro sobre essas coisas e estou te falando: isso nasceu da cabeça de alguém que provavelmente não conseguia aceitar o fato de que perdera um ente querido para uma doença incurável, sabia sobre médicos e sociedades secretas e começou a imaginar essa história maluca. No entanto, só por questão de argumento, deixe-me perguntar duas coisas: primeiro, o que você quer investigar exatamente e com qual objetivo? E segundo, como você pretende fazer isso? Você não sabe nem por onde começar.

— Bom, primeiro eu vou tentar encontrar os livros que supostamente possuem as pistas para chegar ao tônico. Depois vou atrás desse tônico até encontrá-lo para salvar um grande amigo. Eu perdi a Alice, não vou perder o Hugh.

— Alice morreu? Você nunca me falou, terrível ouvir isso. Eu me lembro de como você falava dela com carinho. E qual é o problema com Hugh?

— Hugh tem um tumor no cérebro. Eu ia contar a história toda para você assim que eu tivesse tempo. Aconteceu tudo muito rápido.

— Meu Deus! Sinto muito. Mas mesmo assim... Você só está chateado com tudo, não justifica sair numa busca insana. Como vai achar os livros, se é que eles existem? Não tem a menor ideia sobre os autores, títulos, editoras… Como vai fazer isso?

— Tenho uma ideia e vou trabalhar nisso agora mesmo. Eu te ligo assim que tiver novidades.

— Já vi que não há como fazer você desistir. Bom, boa sorte. E me mande notícias de Hugh, por favor. Eu não o conheci, mas sei o quanto você gosta dele. Ah, e como vai sua carreira como professor?

— Indo bem, mas você vai ficar mais feliz em saber que sou membro da Associação Americana de Vexilologia e através de meus contatos com eles fui convidado para dar uma palestra no Instituto Americano-Sueco, aqui em Minneapolis, sobre bandeiras escandinavas, daqui a algumas semanas. Será a minha primeira palestra, então estou bastante empolgado, mas também não consigo parar de pensar no Hugh.

— Parabéns! Não estou surpreso com esse convite. Eu nunca conheci ninguém como você, quando se trata desse assunto, e tenho certeza que se sairá bem, mesmo chateado. Boa sorte em ambas as empreitadas.

Prince mal desligou o telefone após se despedir de seu professor e já o pegou de novo para ligar para Tony e depois para Ed. Pediu para que ambos fossem à sua casa no fim do dia, porque tinha algo importante para lhes contar.

Tony e Ed chegaram com cinco minutos de diferença entre um e outro, e o dono da casa os conduziu para a sala de estar. Estava sozinho. Sua mãe estava vendendo umas pinturas para um cliente e seu pai estava no Guthrie. Pediu para que se sentassem no sofá e saiu. Voltou com duas cópias impressas dos arquivos do professor Rollins sobre a *"Corda Omnipotens"* para que lessem.

— Senhores, por favor, tirem alguns minutos para ler isso e depois me digam o que acharam. Explicarei os motivos mais tarde.

Começaram a ler. Ambos faziam todos os tipos de caretas e às vezes até riam, mas o que mais faziam era balançar a cabeça reprovando. Quando acabaram, Tony foi o primeiro a quebrar o silêncio:

— Prince, que diabos? Você chama a gente aqui, diz que é importante e daí nos dá algumas páginas de uma história de fantasia. E que é ruim, devo acrescentar.

Ed foi mais moderado:

— Ele tem certa razão, Prince. Por que você quis que a gente lesse isso?

— Algum de vocês prestou atenção no que leu? Conta a história de algo que pode curar todas as doenças e mazelas, e, até onde eu sei, nosso melhor amigo sofre de um mal incurável, sem falar que perdemos outra amiga pelo mesmo motivo recentemente. Isso nos diz que há um fio de esperança.

Os dois ficaram surpresos, boquiabertos e sem fala. Não conseguiam acreditar no que ouviam. Tony respirou fundo e falou:

— Olha, não é possível que você acredite que isso é verdade. E, mesmo que seja, a possibilidade de você encontrar o tal tônico é microscópica. É insano! Estamos todos extremamente chateados por causa do Hugh, mas daí a começar a acreditar em tal coisa é chegar ao limiar da loucura.

O outro tentava não chatear Prince, então só balançava a cabeça, embora sem muita convicção, concordando.

— Talvez. Eu sei que é um tiro no escuro, mas é um tiro de qualquer forma e eu quero atirar. E vocês dois vão me ajudar, pelo menos no primeiro passo, porque, sozinho, vou perder muito tempo para fazer o que eu quero. Será um longo caminho e preciso de uma equipe. Vocês podem me auxiliar, por favor? Se isso for um fracasso, eu prometo esquecer tudo.

Olharam um para o outro.

— Tá legal, cara, mas não vou fazer nada que exija sacrifício pessoal ou profissional. Vou ajudar você porque te considero um grande amigo, mas ainda acho maluquice — argumentou Tony.

— Você não vai sacrificar nada. Na verdade, podemos começar agora e, com três pessoas, provavelmente acabaremos ainda esta noite.

— Certo. Então, qual é o lance? — perguntou Ed, já intrigado.

— Vocês viram a lista de quatrocentos nomes que vem após a história? É o nosso ponto de partida. Vamos procurá-los no Google.

— Procurar no Google o quê? — perguntou Tony.

— Primeiro, vamos ver quais desses quatrocentos supostos membros da "Corações Poderosos" estavam vivos em novembro de 1991. Dado que cientistas geralmente ganham reconhecimento já em idade avançada, o que deve diminuir bastante as possibilidades.

— Certo. E nós temos que descobrir quem estava vivo em novembro de 1991, porque precisamos saber quem eram os *supostos* seis que *supostamente* escreveram os livros com as pistas, para que você ache o *suposto* algo que te possibilite encontrar um *suposto* esconderijo onde jaz o teórico tônico — disse Ed, ainda cético, mas agora aproveitando o momento.

Prince foi lacônico:

— Sim, é isso.

Vendo que não tinham muito mais o que fazer, os dois aceitaram. Começaram a pesquisar no Google: Henrik Svenson? Vivo. Kenneth Bonucci? Morto. Lucy Hotten? Viva. Jean-Pierre Juneau? Morto. Horácio Gutierrez? Morto. Elizabeth Larson? Morta. Michael Anderson? Vivo.

Demoraram um pouco mais de uma hora para terminar todo o processo. No final, cento e cinquenta dos quatrocentos já estavam mortos em novembro de 1991. Isso os deixava com duzentos e cinquenta nomes.

Quando Prince estava prestes a contar-lhes qual seria o próximo passo, seu pai chegou e apenas alguns minutos depois, sua mãe. Ambos ficaram surpresos em encontrar convidados na casa. Porém, como gostavam de receber pessoas, não se incomodaram. Intrigado com o laptop de Prince na mesa de centro e com Tony e Ed, que olhavam fixamente para seus telefones, Scott perguntou:

— O que estão fazendo?

— Estamos ajudando Prince com umas buscas na internet — respondeu Ed apressadamente.

— Eu conto tudo enquanto jantamos, pai. Aliás, eles vão ficar para o jantar, tudo bem?

Kate respondeu imediatamente:

— Claro que sim! É sempre um prazer tê-los aqui. Vocês vão aceitar o convite, né?

— Bom, não é o que havíamos planejado, mas parece que o Prince decidiu por nós — disse um envergonhado Tony.

— Aposto que vocês não tinham outros planos, então, por favor, fiquem. Faz um tempo que vocês não vêm aqui e estamos com saudades. Além disso, é melhor ficarem juntos o máximo que puderem enquanto Hugh passa por isso; ajuda a lidar com a dor.

Scott foi à cozinha, pegou quatro cervejas para ele e para os garotos e serviu um copo de vinho tinto para Kate, que foi fazer o jantar. A mãe de Prince era uma ótima cozinheira, então ninguém achou má ideia aceitar o convite.

Ela preparou uma quantidade mastodôntica de um maravilhoso *fettuccine* Alfredo, um tanto que daria para servir fartamente toda a linha ofensiva dos Minnesota Vikings. Durante o jantar, Scott ainda estava curioso, então perguntou:

— E então, P, o que vocês três estavam buscando juntos na internet? Normalmente, eu não me intrometeria em sua vida pessoal, mas você me disse que me contaria agora.

Ele não via nenhuma razão para esconder o que estava fazendo, então levantou-se, foi até a sala, pegou as folhas com o arquivo de Rollins e deu cópias para sua mãe e seu pai.

Eles leram, e a reação deles foi a mesma dos dois amigos: um misto de incredulidade e perplexidade.

Scott tentou ser racional com ele:

— P, eu não acredito que você ache que isso pode ser sério. E, mesmo que fosse, já teria sido encontrado. Não estaria escondido esse tempo todo.

— Ninguém nunca foi fundo nisso porque todos acham que é um conto de fadas, até mesmo o professor Rollins. Ele enviou esses documentos e disse que deixou essa parte de fora do livro dele porque achou que era exagero. Mas estou disposto a ver com meus próprios olhos se é tudo faz de conta.

Kate estava muda. Apenas olhava para Prince, tentando entender o que passava pela cabeça de seu filho para acreditar numa história tão absurda. Era inteligente, culto, esclarecido. Talvez a morte de Alice e a condição de Hugh tivessem sido demais para ele. Finalmente, falou:

— Prince, minha vida, eu sei o quão chateado ficou com a Alice, o quão arrasado está com o câncer de Hugh, todos estamos assim. Mas, querido, deixar que isso faça você acreditar nessas coisas… Talvez precise de um psicólogo para lidar com essas questões.

— E ainda convenceu seus amigos a ajudar! Como ele os arrastou para isso? — perguntou Scott, dirigindo-se aos visitantes.

Tony achou que estavam sendo um pouco duros demais com o amigo, então tentou suavizar o fato:

— Olhem, eu e o Ed falamos tudo que vocês estão falando, quando Prince nos apresentou esses arquivos. Depois que insistiu, nós concordamos, mas fui taxativo quando disse que não iria fazer nenhuma loucura para ajudá-lo. Como o único pedido foi uma assistência com busca na internet, não foi nada de mais, né, Ed?

Este só aquiesceu. Era o único que parecia achar a ideia interessante.

— E nós já cortamos aquela lista de quatrocentos nomes para duzentos e cinquenta na nossa busca pelos seis que estavam, ou supostamente estavam, no laboratório em novembro de 1991. Mais duas buscas e tenho certeza absoluta de que vamos chegar perto dos nomes deles — disse um confiante Prince.

Por mais que Scott e Kate achassem que o filho deles estava um pouco pirado devido às recentes adversidades, não queriam aborrecê-lo, e, desde que as coisas não passassem de algumas buscas no Google, não seria nada muito sério.

— Bom, P — disse Scott —, eu sei o quanto você pode ser teimoso quando coloca algo nessa sua cabecinha dura, então não vou ficar te enchendo ou tentando te avisar sobre uma enorme decepção que pode vir a ter. Acho que sua mãe tem a mesma opinião. — Kate só balançou a cabeça positivamente.

Prince sorriu com doçura. Sabia que seus pais o amavam, não se importavam de tê-lo ainda morando em casa aos 27 anos (na verdade eles adoravam) e não atrapalhariam suas ideias, por mais loucas e bizarras que parecessem. Além do mais, como seu pai havia dito, não iria desistir até que visse provas irrefutáveis de que tudo não passava de uma fantasia. E tinha um plano para sustentar suas convicções.

Depois de comerem um pedaço de torta de maçã caseira — comprada por Scott no *farmer's market* ao lado da nova localização do Guthrie — com sorvete de creme, os garotos voltaram à sala e Kate e Scott foram para o quarto para assistir TV.

Assim que se sentaram, o dono da casa disse:

— Primeiro, obrigado por fazerem isso, eu agradeço muito. Eu sei como é difícil para vocês dois acreditarem nessa ideia maluca.

— Sem problemas, Prince, agora vamos em frente com isso. Qual o próximo passo? — disse Ed, mais intrigado a cada minuto que passava.

— Certo. Agora o que temos que fazer é procurar novamente no Google esses duzentos e cinquenta nomes que temos e ver quantos escreveram apenas um livro durante a vida inteira deles. De acordo com o mito, os seis que ficaram com o "algo especial" só podiam escrever um único livro, onde deixariam as pistas.

Tony começou a procurar imediatamente. Henrik Svenson? Um. Stephen Parsons? Um. Allan Richardson? Três. Roberto Gomes? Quatro. Vladimir Youtschenko? Dois...

Quando terminaram, a lista tinha noventa e oito nomes. Ainda era difícil, mas Prince tinha mais uma busca a fazer para refinar os resultados.

— Agora, pegamos esses noventa e oito nomes e buscamos de novo, procurando pelos nomes de seus livros. Mais uma vez, de acordo com a lenda, os seis que esconderam as dicas tinham títulos com a palavra "natureza". Vamos nessa.

E lá foram eles. Henrik Svenson? Sim. Stephen Parsons? Sim. Francine Blanc? Sim. William Levy? Não. Scott McCauley? Não. Hiroko Fukuoka? Não. Su Li? Não. Tataw Makanaki? Sim. Alessandro Spiazzi? Sim...

Quando eles terminaram, Ed falou:

— Beleza, diminuímos para trinta. E agora? Ainda precisamos descartar vinte e quatro nomes.

— É, eu sei — disse Prince, bastante calmo. — Agora vem a parte difícil.

— *Agora* vem a parte difícil? Meu Deus, tenho até medo do que você vai falar… — disse Tony, impaciente.

— É porque agora vamos precisar de uma impressora, um ótimo papel para impressão fotográfica e no mínimo três lupas.

Os outros dois não entenderam nada.

— Tá, eu explico. Temos certeza que essas trinta pessoas estavam *todas* vivas em novembro de 1991, *todas* escreveram apenas um livro em *toda* a sua vida e todos esses livros têm "natureza" no título, certo?

Os amigos concordaram com a cabeça.

— Bom, de acordo com o folclore da "Corações Poderosos" e algo que o professor Rollins me contou quando lhe perguntei sobre eles, os seis que estavam ali naquele momento eram os Grão-Mestres da organização e apenas eles podiam usar qualquer tipo de ornamento com o símbolo da sociedade. Devemos procurar no Google todos os trinta nomes mais uma vez, mas desta vez procurando imagens de perto de novembro de 1991. O máximo de fotos que pudermos. Salvamos todas em um *pen-drive*, imprimimos várias de uma vez em papel fotográfico e procuramos pelo coração e pelo halo em roupas, anéis, pulseiras, abotoaduras, o que quer que seja. Achamos seis cientistas diferentes com o símbolo, checamos os títulos de seus livros e… *voilà*, esses são os livros que devemos procurar para achar as pistas.

Os companheiros ficaram desencorajados.

— Olha, nós queremos ajudar você, mas isto está ficando mais maluco a cada minuto. Você sequer tem papel fotográfico para impressão aqui? E, mesmo que tenha, já pensou na quantidade de fotos que precisará imprimir? E quanto tempo vai levar para olhar em cada foto com lupa? — Tony estava ficando estressado.

Prince continuava calmo.

— Sim, e é por isso que hoje vamos parar por aqui. Amanhã vou até a Office Depot comprar o papel fotográfico e as lupas. E então, nessa mesma hora, vocês dois vêm aqui e já estarei salvando as fotos. A gente imprime e analisa junto.

Ed estava ficando empolgado com a crença e o entusiasmo de Prince nesse projeto maluco. Achava admirável que Prince tivesse tanta fé em algo, e como professor de Teologia isso era algo que o emocionava.

— Beleza, estarei aqui.

— Tá bom, se você vem eu venho, mas ainda não consigo acreditar que estamos levando isso adiante.

No dia seguinte após o trabalho, Prince passou na papelaria, comprou uma grande quantidade de papel fotográfico e três lupas. Chegou em casa, avisou seus pais que os amigos iriam lá de novo e que estaria no computador quando chegassem. Scott e Kate sempre gostavam de receber convidados e adoravam os garotos, que nem eram mais tão garotos assim, então não se importavam em recebê-los. O que eles ainda não conseguiam entender era esse aparente surto de seu único filho.

Prince começou a salvar as fotos e quando os dois chegaram já havia salvado por volta de 550, uma média de quase vinte por pessoa. Resolveram analisar as fotos após o jantar.

Dessa vez, Kate fez camarão no estilo *creole* com arroz branco. Estava saboroso e um pouco apimentado, como deve ser. De sobremesa, bombas de chocolate.

Scott tentou, mais uma vez, aconselhar Prince a ter bom senso, ou pelo menos convencê-lo a não arrastar os amigos para essa maluquice.

— P, por favor, eles não podem vir aqui a toda hora para te ajudar a ir atrás dessa fantasia. Não dizem nada porque são grandes pessoas e jovens muito educados.

Ed interveio:

— Senhor Lafitte, quer dizer, Scott, serei honesto. Ainda não estou totalmente convencido de que o que estamos buscando é real. Caramba, nós nem sequer sabemos o que estamos buscando. Mas Prince está tão determinado que agora quero ver aonde isso vai nos levar. Estou bastante curioso e nem um pouco incomodado. Além do mais, não tenho nada melhor para fazer.

Tony estava inquieto, mas disse:

— É, na verdade estou trocando umas mensagens de texto com uma ruiva gostosa com quem eu planejava sair essa noite, mas me sinto culpado em deixar meus amigos na mão, mesmo que seja por causa de algo que eu tenho certeza absoluta de que é um delírio.

— Ah, vá — Prince disse rindo —, você vai sair e pegar essa menina a hora que você quiser e sabe disso. É a história da sua vida, ninguém resiste ao seu charme latino. Aqui você tem a chance de fazer história, provar que uma lenda é verdadeira.

— Não precisa ficar me consolando. Sou seu amigo, na alegria, na tristeza e na loucura.

Eles riram e voltaram ao computador. A impressora já tinha quase terminado com as fotos, e antes mesmo de estarem todas impressas começaram a examiná-las.

— Como vamos saber quem é quem? — perguntou Ed.

— Olhando os arquivos no *pen-drive*. Eu salvei todos com seus respectivos nomes.

Ele havia trazido para dentro do quarto, que era seu local de trabalho, a mesa que usavam para churrasco no quintal, e espalharam as fotos em cima dela. Depois, cada um com sua lupa, começaram a vasculhar as fotos.

Meia hora depois, Ed gritou:

— Aqui! — Os outros dois foram para perto do amigo. — Olhe no dedo dele, no anel.

Todos olharam cuidadosamente e Prince gritou:

— Um coração com um halo! Meu Deus! É Henrik Svenson. Bem, não há mais dúvida de que ele estava lá naquele dia.

Dez minutos depois, Ed de novo:

— Opa! Olhe essa abotoadura. Um coração com um halo. Quem é esse? Vejamos: doutor Stephen Parsons.

Mais uns quinze minutos se passaram, e dessa vez foi Prince:

— Aqui! Mais um. Olhe na lapela do *tailleur* dela. Um pin com um coração e um halo. Essa é a doutora Francine Blanc.

Cinco minutos depois e Tony:

— Aqui! Pensavam que só vocês conseguiriam achar? Olhe no polegar dele. Um anel com um coração e um halo. E de acordo com suas pesquisas, Prince, este é o doutor James Ling.

Mais dez minutos e Prince apontou:

— Aqui! Mais um com o símbolo na abotoadura. Este é o doutor Benedict Rosenthal. Caramba, só falta um. Isto é inacreditável, a lenda é verdadeira!

Tony era mais realista, apesar de agora também estar ficando empolgado.

— Calma. Talvez eles tivessem uma sociedade secreta. Daí a desenvolver um tônico que curaria todas as doenças e deixar pistas para alguém achar o lugar secreto onde o tal está escondido vai uma distância quilométrica. Tudo o que isso prova é que a "Corações Poderosos" era verdadeira. O resto pode ser produto de um exagero enorme; mas agora eu quero achar o último tanto quanto você.

E realmente ele o encontrou.

— Aqui! Outro pin na lapela de um terno. Vamos ver quem é esse... Doutor Timo Riise. Achamos todos eles!

Prince não cabia em si de alegria, sem perder de vista seu objetivo. Seu trabalho duro dera resultado, mas isso não era nem metade da batalha. A primeira fase estava completa, mas havia muito, muito mais a fazer.

CAPÍTULO 7

— E agora, o que fazemos? — perguntou Ed, empolgado como uma criança no Natal.

— Agora vamos descobrir mais detalhes sobre essas seis pessoas e os livros que elas escreveram. Vamos começar pelo primeiro: Henrik Svenson.

Prince foi ao Google de novo e leu o resultado: Henrik Svenson, dinamarquês, nascido em Copenhague. Era neurologista e escreveu um livro intitulado *Pensando a natureza*. Morrera em janeiro de 1994 em Moscou, na Rússia, de ataque cardíaco aos 78 anos. Stephen Parsons, americano, nascido em Portland, Oregon. Era químico e seu livro chamava-se *A química e a natureza*. Tinha morrido em 1996 em Damasco, na Síria, de um AVC fatal com apenas 50 anos. Francine Blanc, francesa, nascida em Nantes. Era botânica e seu livro se chamava *O papel da natureza em nossa saúde*. Morrera em 2002 em Madri, Espanha, de câncer de mama, aos 70 anos. James Ling, galês, nascido em Cardiff. Era biólogo e seu livro se chamava *A natureza é sua amiga*. Morrera em 2000 em Reykjavik, Islândia, de cirrose aos 69 anos. Benedict Rosenthal, americano, nascido em Providence, Rhode Island. Era clínico geral. Seu livro se chamava *Por que a natureza importa na cura de doenças*. Tinha morrido em 1999 em Tegucigalpa, Honduras, de câncer de duodeno, aos 71 anos. E o último: Timo Riise, finlandês, nascido em Tampere. Era cirurgião cardíaco. Seu livro se chamava *Abrindo os corações da natureza*. Morrera em Donetsk, Ucrânia, em 2001 de leucemia, aos 68 anos.

Enquanto o dono da casa encontrava os detalhes sobre os cientistas, Ed escrevia tudo o que ele dizia em um bloco de notas. Quando Prince terminou de ler, seu amigo perguntou:

— Então esses são os livros nos quais vamos achar as pistas. Do jeito que esse negócio vai, imagino que você não saiba onde encontrá-los, nem exatamente quais são essas pistas. Estou certo?

— Sim, sobre a segunda parte. Teremos que descobrir. Mas eu suspeito de onde podemos achá-los.

— Na Biblioteca do Congresso? — perguntou um cada vez mais curioso Tony.

— Não é provável. Até onde sabiam, foram atacados por uma força conjunta da polícia norueguesa e agências federais do mundo inteiro. Não acho que guardariam esses livros em um prédio federal. Eles eram espertos demais para isso.

— Onde, então?

— É só um palpite baseado em quase nada, mas estavam todos programados para ir a Nova York para a convenção da ONU um mês após terminarem de desenvolver o tônico. Depois do ataque, precisavam se reunir para juntar os livros e guardá-los. Meu palpite é que mudaram a data, porque precisavam de tempo para escrevê-los, mas provavelmente não alteraram o lugar para onde iam.

— E por que acha que teriam tomado essa decisão?

— Você tem que entender que eles tiveram que decidir tudo às pressas e restringiram a comunicação entre si ao mínimo possível após o incidente. Não tinham tempo nem cabeça para escolher um novo local. Ter que mudar a data da viagem e escrever os livros já era complicado o bastante.

Ed concordou.

— Faz sentido, mesmo. Mas onde em Nova York? Teriam um bilhão de opções…

— Sim. Mas não esconderiam em algum lugar impossível porque queriam que alguém, algum dia, encontrasse. Se não era para ninguém encontrar, por que se dar ao trabalho de escrever e deixar as pistas? Logo, vamos pensar: onde você esconderia seis livros que queria que fossem achados, mas não por qualquer um? Teria que ser algum lugar com muitos volumes, para colocá-los lá como se fossem comuns, para disfarçá-los.

— Uma biblioteca ou um sebo.

— A primeira está fora de cogitação, é um lugar muito público. A segunda é exatamente o oposto: seria como esconder uma agulha num palheiro. Mais uma vez: a intenção era esconder, mas não tornar impossível que se encontrasse. Meu palpite é uma livraria, mas com uma característica especial: um local especializado em livros raros que não seja aberto ao público em geral, a não ser que se agende antes. E a única em que consigo pensar com essas características é a sala de livros raros, na Strand Bookstore. Eu sei disso porque fui a essa livraria com meu pai quando ele foi trabalhar em Nova York, há alguns anos. Só precisamos ter certeza de que não há outra livraria na cidade com exatamente as mesmas características. Vamos colocar o Google para trabalhar, Tony?

— Claro. Quais são os termos?

— Nova York + livrarias com sala de livros raros, tudo entre aspas.

— Realmente, não há resultados exatos para essa busca. A única que aparece e se encaixa é a Strand. Acho que você está certo.

Prince deu um soco no ar com o punho direito e gritou:

— *Yes*!

Ed ficava cada vez mais animado.

— Qual é o seu plano, Prince?

— Primeiro, vamos ver como esse lance de sala de livros raros funciona. A única certeza que eu tenho é que nós teremos que ir até lá.

— Nós?

— Claro. Vocês vêm comigo, afinal, vou precisar de ajuda com os seis livros. Não estou dizendo que vamos amanhã. As aulas acabam em duas semanas, e aí poderemos ir sem preocupações. Eu só não posso esperar muito, porque também tenho minha palestra daqui a dezesseis dias. Só pagarão a passagem, deixem as acomodações por minha conta.

— Por que você não procura os livros na seção de livros raros do site e pede pela internet? — perguntou Tony.

— E arriscar que a encomenda seja perdida pelo correio? De jeito nenhum! Prefiro ir até lá e tê-los em minhas próprias mãos.

Ed e Tony trocaram olhares rápidos um com o outro e nem precisaram dizer nada: estava claro que iriam.

— Precisa da gente para mais alguma coisa agora? — perguntou Ed.

— Não, agora não. Vou olhar no site a melhor maneira de ter acesso à sala de livros raros. Assim que tiver mais detalhes, mando uma mensagem para vocês dois.

— Tá certo, então; mande notícias.

Eles se despediram e Prince entrou no site da Strand. Pesquisando sobre a sala de livros raros, concluiu que a melhor maneira de entrar e ter a tranquilidade para procurar pelo que queria, sem ninguém interferindo, era alugá-la por dois mil dólares. Havia passado das 7 da noite na Costa Leste, então decidiu ligar no dia seguinte para descobrir como funcionava.

E assim fez; logo que chegou do trabalho, ligou.

— Livraria Strand, como posso ajudar?

— Oi, boa tarde. Por favor, eu preciso falar no ramal 380, para reservar a sala de livros raros.

— Ok, só um momento — disse a atendente. Logo em seguida, outra pessoa atendeu:

— Olá, aqui é Bruce Walker da sala de livros raros, com quem eu falo?

— Olá, meu nome é Prince Lafitte. Gostaria de alugar a sala de livros raros para mim e alguns amigos, para darmos uma olhada nas edições para colecionadores. Quais dias estão disponíveis daqui a uma ou duas semanas?

— Certo, deixe-me ver… Dia 9 de junho está disponível. Está bom para o senhor?

— Sim, está perfeito. Das 18h30 às 21h30, né?

— Exatamente.

— Maravilhoso, reserve para mim.

— Vou precisar de alguns dados sobre o senhor.

Prince passou todas as informações solicitadas e enviou mensagens para seus amigos pelo Facebook assim que desligou: "Sala de livros raros reservada. Vamos para Nova York na tarde do dia 8 de junho. Comprem suas passagens pela Delta. Voo sem escalas. Até mais".

Estava tão animado que resolveu visitar Hugh para contar-lhe que embarcaria numa missão para salvar a vida dele. A ideia de os livros realmente existirem, mas sem pista nenhuma, ou das pistas não levarem a lugar algum, jamais passara pela sua cabeça. Se os livros existiam, o tônico também existia e Prince iria encontrá-lo, de qualquer jeito!

Quando tocou a campainha na casa do amigo, ficou surpreso com quem veio atender. Era Harold, irmão de Hugh, que trabalhava para o Departamento de Estado americano em Minneapolis. Notou que estava com olheiras; provavelmente ninguém dormia tranquilo na residência dos Porter. Harold cumprimentou-o com um sorriso terno.

— Fala, Prince, prazer em vê-lo. Por favor, entre.

— É um prazer te ver também. Faz um tempo, né? Como você está?

— Estou muito bem, apesar das circunstâncias. Cheguei ontem. Consegui um período de folga para fazer companhia ao Hugh.

— Ótimo, é importante. Como ele está?

— Animado. Você conhece meu irmão, nunca deixa nada chateá-lo. Está no quarto dele. Venha, vamos subir, ele vai ficar muito empolgado em te ver. Ele adora você e sua família. Sabe disso, né?

— Sim, nós também o adoramos. É demais quando vai lá em casa, sempre nos divertimos muito. Como seus pais estão lidando com tudo?

— Papai não está legal. Está triste, aborrecido e bravo, mas tenta manter a fé. Mamãe é médica e, apesar de ser pediatra, está mais acostumada a lidar com problemas sérios de saúde. É meio irônico, né? Meu pai era fuzileiro naval, passou por experiências em que correu risco de vida e mesmo assim está muito menos preparado para lidar com isso do que minha mãe.

— Pois é, acho que se esquivar de balas durante um combate é menos difícil. Não tenho nenhuma experiência com a situação, mas imagino que um tiro em combate seja muito mais esperado do que algo assim. Não tem como se preparar para esse tipo de coisa.

Harold aquiesceu e eles terminaram de subir as escadas. Abriram a porta do quarto de Hugh, e Prince ficou chocado com o que viu. O homem na cama havia perdido muito peso, e não restava literalmente nem um fio de cabelo em sua cabeça. Mas estava acordado e, como disse seu irmão, animado.

— Prince! — ele disse, tentando falar o mais alto que conseguia, o que era claramente um esforço hercúleo para ele. — Que alegria em te ver! Tudo bem?

— Estou ótimo, Hugh. Eu vim para ver como você está e fico feliz de te ver alegre dessa forma. Tony e Ed mandaram um abraço também. Nós vamos para Nova York daqui a uma semana.

O rosto de Hugh de repente se fechou. Por que Prince iria até lá para lhe contar que seus três melhores amigos iam para Nova York? Não passou pela cabeça dele que isso o deixaria pior? Ficou chateado.

— Por que vocês vão para Nova York bem agora?

— Não vamos por lazer, Hugh, vamos para te salvar.

A resposta inesperada deixou-o intrigado.

— Me salvar?

— Olha, é uma longa história e envolve acreditar em mitos. Mas há uma pequena possibilidade, e vou atrás dela por você. Quer que eu te conte tudo?

— Sou todo ouvidos.

Prince contou toda a história. Desde que ficara sabendo do tumor de Hugh e lera o último capítulo do livro do doutor Paharishi, até o arquivo do professor Rollins e as fotografias. Quando terminou, disse:

— E é por isso que vamos para Nova York. Vou dar uma olhada nesses livros e tentar achar as pistas. Se eu não conseguir achar tudo nas três horas que teremos dentro da sala de livros raros, vou comprá-los para investigar com calma em casa.

— Uau, é realmente pouco plausível, mas eu acredito em seus instintos. Você sempre foi o mais inteligente de todos nós. Se acha que é algo que merece ser investigado, tenho certeza de que é. Obrigado por todo esse esforço.

— Não precisa me agradecer. Eu vou te salvar, só aguente firme. Agora preciso ir, tenho que revisar uns itens de uma palestra que vou dar no Instituto Americano-Sueco em pouco mais de duas semanas e começar a acertar as coisas para a viagem.

Ele foi até o amigo e, com as duas mãos, segurou sua enorme mão esquerda. Apertou com força, olhou nos olhos de Hugh e se despediu com lágrimas nos olhos.

— Até mais.

— Tchau, e boa sorte — Hugh respondeu com olhos igualmente marejados.

Prince e Harold desceram e, quando estavam na porta, o segundo disse:

— Prince, tenho que ser honesto com você: eu não acreditei na história que contou. Mas se está disposto a passar por isso para salvar a vida do meu irmão, não posso fazer nada a não ser torcer para que seja verdade. Antes de sair, por favor, anote meu telefone. Me ligue se fizer algum progresso, tiver qualquer notícia ou precisar de alguma coisa. Obrigado por fazer isso.

— Como eu disse ao seu irmão, não precisa me agradecer. Eu mando notícias.

Voltou para casa e, antes de ligar para Tony e Ed para saber para qual voo eles tinham comprado passagem, decidiu avisar mais uma pessoa sobre sua futura viagem para a Big Apple.

— Alô?

— Professor Rollins, é o Prince.

— Prince! Sempre ótimo falar com você. Diga.

— Eu descobri quem eram os seis cientistas que estavam no laboratório quando foi invadido, e também os títulos de seus livros. Vou a Nova York para dar uma olhada neles ou talvez até comprá-los. Tony e Ed vão comigo. Quer se juntar a nós nessa pequena aventura?

Silêncio. O professor Rollins não sabia o que falar.

— O senhor está me ouvindo, professor?

— Estou, estou. Prince, estou perplexo. Achava que nem os livros eram reais, nem me dei ao trabalho de checar todos aqueles nomes e ver se tinham produzido algo. Pode apostar que quero ver isso com meus próprios olhos. Quando vocês vão?

— Vamos sair daqui na quarta-feira, dia 8 de junho. Você pode nos encontrar no hotel no dia 9. Eu ainda não sei qual, mas te mantenho informado. Aluguei a sala de livros raros na Strand das 18h30 às 21h30. Podemos passear por Nova York até essa hora.

— Perfeito, só me avise o hotel e encontro vocês lá.

— Ótimo, tchau.

Estava desligando o telefone quando seus pais chegaram do trabalho. Era incrível como eles conseguiam chegar quase sempre na mesma hora. Cumprimentou-os e disse que tinha algo para contar durante o jantar.

Enquanto saboreavam um delicioso frango grelhado na pimenta-do-reino com mostarda adocicada, falou:

— Olha, eu vou para Nova York dentro de três dias com o Tony e o Ed. Descobri quem eram os cientistas no laboratório e seus livros. Vou até lá para consultá-los e, talvez, adquiri-los.

Scott ficou desnorteado, e Kate balançou a cabeça negativamente em silêncio.

— Devo admitir, estou surpreso por você ir atrás disso com tanta determinação, mas se achou evidências de que esse conto de fadas é verdadeiro, vá em frente — disse o pai.

— E sua palestra? Isso não vai atrapalhar sua preparação? — perguntou a mãe, preocupada.

— A palestra está 80% pronta. Só preciso acrescentar umas coisinhas. Não se preocupe com isso.

O fato é que todos, incluindo seus amigos mais íntimos e sua família, estavam um pouco surpresos com o quão intrépido, confiante e determinado Prince estava sendo em sua busca pelo tônico. Ele tinha sido teimoso a vida inteira, isso era indiscutível, mas sempre fora visto, até por si mesmo, como uma pessoa desencanada e resignada. Era incrível que houvesse decidido ir atrás de um objetivo com tal arrojo, especialmente algo que ninguém sequer tinha certeza que existia. Perder uma amiga e a perspectiva de perder um amigo logo em seguida tinham mexido com ele de uma forma que nada jamais mexera.

Antes de ir dormir naquela noite, escreveu os nomes dos livros e seus respectivos autores em um bloco de notas amarelo tamanho A4, arrancou a folha e guardou-a no bolso de sua mochila.

CAPÍTULO 8

Após um voo calmo e agradável, Prince, Tony e Ed pousaram no aeroporto de Nova York em La Guardia na quarta-feira, 8 de junho, às 18h30. Tinham ganhado duas horas devido ao fuso horário do Meio-Oeste para a Costa Leste. Pegaram um táxi para levá-los ao hotel. O céu estava azul, o sol brilhava como uma pedra preciosa lá em cima e, a despeito de já ser quase noite, ainda estava bastante quente. No caminho, os três contemplaram os arranha-céus; quando entraram em Manhattan, as multidões atravessando as ruas apenas aumentaram a sensação de claustrofobia. Nova York era demais, mas às vezes beirava a loucura para três caras acostumados com Minneapolis.

Ele reservara três quartos individuais no Hampton Inn, na rua 39. Até pensou em reservar um quarto triplo em um hotel mais chique como o Sheraton ou mesmo o Plaza, mas concluiu que era melhor terem quartos separados. Em primeiro lugar, porque nunca se sabia quem Tony podia conhecer numa noite de verão em Nova York; em segundo, eles iam ficar apenas duas noites, não havia por que muito luxo, só alguma privacidade já era o bastante; e, em terceiro, sabia que talvez tivesse que gastar algum dinheiro para comprar os livros. E seria uma quantia alta, mesmo para seus padrões abastados.

Deixaram as malas e decidiram sair para jantar. Todos já haviam estado em Nova York antes pelo menos uma vez e estavam com vontade de comer comida italiana, portanto optaram pelo Daniela's na Oitava Avenida, por ser próximo do hotel.

Enquanto comiam, Ed perguntou a Prince sobre seus planos para o dia seguinte, quando estivessem dentro da sala reservada:

— Como vamos fazer? Analisar dois livros cada um? Você acha que teremos tempo para achar as pistas em apenas três horas? E se elas não forem tão imediatas?

— Eu não espero que sejam imediatas. Estarão escondidas, ou em alguma forma de charada. Não faço ideia. Não acho que três horas serão suficientes para descobrir o que precisamos, então trabalho com a possibilidade de comprar os seis. Porém, temos chance de conseguir algum progresso com a ajuda adicional que teremos.

— Ajuda adicional?

— Sim, o professor Rollins irá nos encontrar no hotel amanhã para ir conosco e está "ultraempolgado" com isso. Disse que nunca pensou que essa história poderia ser verdade e ainda tem suas dúvidas, por isso quer ver os livros com seus próprios olhos.

— Legal, finalmente vamos conhecer o famoso professor Rollins. Você fala tanto dele que estou ansioso para conhecê-lo.

— Ele também está ansioso para encontrá-los, porque eu falava muito de vocês quando estava em Boston e...

Tony interrompeu:

— Pessoal, estava pesquisando aqui no meu telefone e descobri um ótimo bar para solteiros na Terceira Avenida. Quem vai nessa?

Os outros dois se entreolharam e disseram ao mesmo tempo:

— Você!

— Estou cansado por causa de tudo que vem acontecendo durante os últimos dias. Não tenho resistência para ir a um bar — reclamou Prince.

— Não acompanho seu pique, meu amigo, lembre-se que sou um pouco mais velho que vocês dois — argumentou Ed.

— Tudo bem, vou sozinho, então! — E imediatamente se levantou da mesa para seguir seu caminho.

— Boa caçada! — gritou Prince e riu, enquanto o amigo ia saindo.

— Que horas vamos encontrar o professor Rollins amanhã?

— Combinei com ele no hotel às onze da manhã. Podemos ir ao Metropolitan juntos, seria legal. Daí, vamos almoçar, dar uma passeada e voltar ao hotel para relaxar até umas seis da tarde. E, então, vamos à Strand.

— Uma pena que não dá para ir a um joguinho de beisebol. Adoraria conhecer o Citi Field[49].

— Nem me fale... Mas é por uma boa causa.

No dia seguinte, nenhum dos três foi tomar café da manhã (dois porque queriam descansar, e o outro porque só Deus sabia que horas havia voltado na noite anterior), mas às onze horas Prince e Ed desceram para encontrar o professor Rollins. No entanto, não havia nem sinal de Tony.

Depois de quinze minutos, o elevador se abriu e de lá saiu ele acompanhando uma morena maravilhosa, dona de uma beleza do nível de uma modelo da Victoria's Secret. Passou por eles, ignorando seus dois amigos e o professor, este boquiaberto com a garota, já que não sabia quem era o cara com ela. Prince se virou para ele e disse:

— Este é o Tony e, sim, a Força é poderosa nele.

Imediatamente, foi atrás e só conseguiu ver a garota lhe dando um beijo na boca e dando adeus com um aceno. Assim que Tony se virou, estavam cara a cara.

— Fala! Me diverti tanto a noite passada!

— Deu pra ver. Como ela chama?

— Lorna, Laura, Lauren... Sei lá, quem se importa?

Prince riu.

— Vem aqui, vou te apresentar ao professor Rollins. Vamos ao Metropolitan. E deixe-me informá-lo de antemão que ele ficou bastante impressionado com a sua amiga.

Tony só deu um sorriso e levantou as sobrancelhas.

Após as apresentações, decidiram que, a despeito do calor escorchante de Nova York no verão, eles iriam a pé até o museu. É claro que o assunto das conversas foi o feito de Tony na noite anterior.

Uma vez dentro do museu, aproveitando a presença de um professor de História Antiga, foram direto para a parte do Egito. E, é claro, o

---

49. Citi Field é o estádio do New York Mets, que foi inaugurado em 2009.

professor deixou-os deslumbrados com seu conhecimento; até mesmo seu ex-aluno na Northeastern.

Depois, quando saíram para o almoço, Prince se lembrou de um local aonde havia ido a primeira vez em que estivera na cidade, chamado House of Brews, localizado na rua 51. Estava morrendo de vontade de tomar uma cerveja gelada e sabia que esse lugar era bom. Seria mais uma boa caminhada, mas todos estavam com disposição para ir. O calor ainda era forte, mas havia nuvens no céu. De acordo com a previsão, ia chover no fim da tarde.

Chegaram ao House of Brews, pediram seus sanduíches e cervejas e o professor Rollins perguntou:

— Como conseguiu descobrir os nomes dos cientistas e dos livros?

Prince contou-lhe sobre sua técnica para busca no Google.

— Meu Deus! Bem pensado! Tão simples e ainda assim deveras eficiente. Eu jamais pensei nisso, mas também nunca achei que toda essa história tinha a mais remota chance de ser real. Parabéns a você por acreditar e ter a ideia. Tem alguma noção do que procurar quando pegar os livros?

— Nenhuma, estava falando com o Ed ontem sobre isso. Tenho a intenção de comprá-los caso não consiga encontrar algo nas três horas que teremos. Daí, podemos analisá-los com calma no hotel. Quando o senhor volta, professor?

— Amanhã à tarde.

— Ótimo, pode voltar conosco e teremos a noite inteira para descobrir alguma coisa.

Depois do almoço, Tony e Ed foram caminhar pela Quinta Avenida, o professor Rollins foi ao Museu de História Natural e Prince à igreja de São Paulo Apóstolo. Concordaram em se encontrar no lobby do Hampton às 18 horas.

Não era católico, apesar de ter sido criado por uma mãe de Boston e um pai de Nova Orleans, ambos com histórico familiar nessa religião. No entanto, acreditava em Deus e gostava do ambiente da igreja. Tinha algo no silêncio e na arquitetura que lhe dava uma sensação de paz, inspiração e confiança. Ia à igreja em Minneapolis pelo menos uma vez por semana, só para ficar lá por alguns minutos.

Quando saiu, o calor ainda era senegalesco, mas nuvens negras se formavam no céu. Vinha uma tempestade por aí.

Voltou ao hotel para tirar uma soneca e tentar relaxar um pouco antes de ir para a Strand. Era ansioso por natureza e dessa vez tinha toda razão para estar, já que se encontrava no limiar de duas situações: se no final das contas os livros não tivessem dica nenhuma, ficaria arrasado e o destino de seu amigo estaria nas mãos de Deus. Se tivessem, poderia embarcar numa aventura que valeria uma vida. De qualquer forma, as emoções estavam a toda.

Antes de descer, retirou do bolso da mochila a folha onde anotara os títulos e os autores dos livros e colocou-a no bolso da frente de sua calça. Às 18 horas estava no lobby, e dessa vez todos chegaram na hora, até mesmo Tony, que não teve nenhuma outra "distração" durante a tarde. Foram para o metrô sob uma chuva torrencial. Por sorte, os dois que tinham ido passear na Quinta Avenida haviam comprado guarda-chuvas.

Prince estava tenso, seu intestino ameaçava dar sinal de vida a qualquer momento e sua respiração era ofegante. O professor Rollins virou-se para ele enquanto estavam no trem e disse:

— Acalme-se. Não precisa ficar assim. Na pior das hipóteses, fez o melhor que pôde, não é culpa sua. É claro que vai ser duro por causa de Hugh, mas não é que o esteja deixando na mão. Você já foi muito além do que o esperado.

Tony e Ed acenaram positivamente com a cabeça e afagaram suas costas. Com o apoio de seus amigos, sentiu-se mais calmo. Mas só um pouco.

Quando saíram da estação, se viram no meio de uma tempestade com muitos trovões e raios espocando e poucas pessoas se arriscando a sair de onde estavam. Porém não podiam perder tempo, pois tinham horário marcado e precisavam chegar na hora certa. Parecia que os guarda-chuvas aguentariam uma tempestade com aquela força, então eles resolveram dividir. Tony e Prince ficaram com um e o professor Rollins e Ed com o outro.

O vento soprava forte, as proteções contra a chuva tremiam e a água os acertava. Ficaram molhados, mas, graças aos guarda-chuvas, não estavam completamente ensopados. Ainda tinham uma aparência apresentável quando chegaram ao seu destino.

Eram exatamente 18h35 quando eles entraram na Strand, e Prince foi direto até o balcão.

— Oi, meu nome é Prince Lafitte e eu reservei a sala de livros raros para hoje. Desculpe por estar cinco minutos atrasado, mas a tempestade...

— Sem problemas, senhor Lafitte. A tempestade atrapalha tudo mesmo, apesar de ser linda, não? — disse a garota atrás do balcão.

— É, sim, gosto muito mais da chuva do que daquele sol de hoje de manhã. Estava quente demais.

— De onde você é, senhor Lafitte?

— Somos de Minneapolis. Este senhor aqui é de Boston.

— Certo, imagino o quão quente deve ser para quem é de Minneapolis. Bem, deixe-me ligar para o administrador da sala de livros raros e aí vocês podem se divertir por três horas.

A funcionária pegou o telefone e ligou.

— O senhor Lafitte está aqui para a sala de livros raros. Certo. — Ela desligou e disse: — Ele já vai descer.

Cinco minutos mais tarde, um senhor sorridente e de cabelos grisalhos, com óculos de armação preta e bochechas rosadas apareceu. Vestia uma camisa social vermelha lisa e calça jeans.

— Quem é o senhor Lafitte?

— Sou eu.

— Prazer. Eu sou Bruce. Vem mais alguém?

— Não, só nós quatro.

— Ótimo, vamos, então? Você e seus amigos procuram por algo específico, sr. Lafitte? — disse o homem, sinalizando para que o seguissem.

— Não, de jeito nenhum. Só adoramos livros e decidimos que, como estamos passando esta semana em Nova York, viríamos aqui fazer algo além de apenas folheá-los. Pareceu uma coisa legal e original a fazer. Tenho certeza de que ficaremos satisfeitos. — Era uma grande mentira, mas por uma boa causa.

— Não se preocupe, encontrarão muita satisfação por aqui.

O administrador os levou um lance de escadas acima e depois a um elevador. Era pequeno, então tiveram que se apertar lá dentro. Quando a porta se abriu, viram-se frente a outra, que estava trancada e que Bruce abriu com uma chave que levava em seu chaveiro.

E então estavam dentro da sala de livros raros. Bruce desejou-lhes um bom divertimento e saiu. O lugar era lindo. Além das enormes prateleiras de livros nas paredes, várias estantes menores, também lotadas, estavam espalhadas pelo piso de madeira de lei. As poltronas pretas de couro eram um convite a qualquer um que adorasse ler: pegar um livro e sentar-se nelas por horas infinitas, e não apenas as três que eram permitidas.

No entanto, havia um trabalho a ser feito e, após o impacto inicial, Prince pegou a folha do bloco de anotações de dentro do bolso e atribuiu a cada um o livro que deveriam procurar:

— Bom, vamos ver: Tony, você procura o *A natureza é nossa amiga* do James Ling. Ed, você procura o *Por que a natureza importa na cura de doenças* do Benedict Rosenthal. Professor, o seu é *O papel da natureza em nossa saúde* da Francine Blanc e eu vou começar com o *A química e a natureza* de Stephen Parsons. Quem quer que ache o livro designado primeiro só dá um sinal e eu passo o nome de um dos últimos dois. Concordam?

Todos concordaram e começaram a cumprir suas respectivas missões entre uma cópia de *O Iluminado* autografada por Stephen King e uma de *Alice no País das Maravilhas* ilustrada por Salvador Dalí, dentre outras raridades esplêndidas.

Porém, um grande número de volumes não tinha o nome na lombada, o que os obrigava a olhar a capa ou até a parte de dentro, o que fez tudo demorar mais um pouco.

Após uns trinta minutos de procura, Ed gritou:

— Aqui!

Prince foi até onde ele estava.

— Ótimo, Ed. Agora deixe esse separado e comece a procurar por *Abrindo os corações da natureza*, de Timo Riise.

Passaram-se mais uns vinte minutos e ele mesmo cumpriu sua tarefa.

— Aqui! Agora fica por minha conta encontrar o *Pensando a natureza* de Henrik Svenson. Como estão indo, professor e Tony?

— Estou bem, vou achar essa belezinha cedo ou tarde, não se preocupe — disse o segundo.

Rollins estava tão focado em sua busca que sequer respondeu a Prince. Mas era sua vez de comemorar: ele achara o livro da francesa.

— Ótimo, professor, agora vá ajudar Ed a encontrar o livro do finlandês — disse Prince.

Mais dez minutos se passaram e Tony encontrou o livro do cientista galês e Prince pediu para que ele o ajudasse a achar o livro do dinamarquês. Agora, procurando em duplas, eles precisaram de apenas cinco minutos para achar os últimos dois. Missão cumprida.

Quando se sentaram nas poltronas com os livros, Tony, Ed e o professor Rollins olharam para Prince e perguntaram em coro:

— E agora?

CAPÍTULO 9

Prince começou a investigar um dos livros, sem a menor ideia do que procurar. Depois de folhear umas quatro ou cinco páginas, virou-se para os outros, que ainda o olhavam sem piscar, e disse:

— Tudo bem, cada um de vocês pegue um livro e procure algo diferente, algo que pareça fora do comum em um livro. Um símbolo, um número, palavras diferentes, sei lá.

— Prince, posso falar uma coisa? Nós não temos ideia do que é que esses cientistas esconderam, mas vamos aos poucos. Por exemplo, acho que podemos pelo menos ter certeza de que todos eles esconderam o que quer que seja em suas cidades natais, concorda? Isso já ajuda bastante. Por exemplo: o cara de Gales escondeu em Cardiff, a francesa em Nantes e assim por diante.

— Eu acho que não, Ed. Eram muito inteligentes para isso. Seria muito óbvio. Além do mais, tiveram tempo para esconder no lugar mais seguro possível. Até pode ser… mas acho improvável — respondeu Prince.

— Então estamos ferrados. Ou isso é mesmo um conto da carochinha.

Ainda tinham uma hora para descobrir algo até que precisassem deixar a sala alugada. Do lado de fora, a chuva continuava a cair com força.

Livros eram passados de mão em mão. Cada vez que algum deles pegava um novo, uma sensação de esperança se acendia neles: talvez seja agora! Mas não adiantou. Além do mais, com o tempo acabando, não conseguiam pensar direito.

Acabara o tempo, tinham que sair.

Prince juntou todos os livros.

— Não tem outro jeito. Vou comprá-los e assim podemos analisá-los com calma no hotel.

Quando Bruce o viu sair com seis livros, não resistiu a fazer um comentário:

— Senhor Lafitte, vejo que ficou satisfeito com nossa sala de livros raros.

— Sim, exatamente. Vocês têm uma grande coleção, e foi ótimo vir sem querer nada específico. De outra forma, eu provavelmente não teria aproveitado tanto.

Desceram para o caixa e ele colocou os livros no balcão para a atendente fazer as contas. O total foi uma soma enorme, algo que ele já esperava: dezoito mil e quinhentos dólares. Os outros três ficaram abismados, apesar de o amigo tê-los alertado. Apenas entregou seu cartão de crédito para a mulher.

Enquanto ela passava seu cartão, Prince notou um homem encostado na parede atrás da atendente, olhando sem piscar para os livros que estava comprando. Era alto, magro, loiro, com um rosto esquelético. E não havia como não notar seu olhar fixo, já que seus olhos eram de um azul brilhante. Assim que a vendedora entregou os livros a Prince, o homem pegou um telefone de seu bolso e fez uma ligação. Apesar de ter franzido as sobrancelhas quando notou isso, Prince achou que era apenas uma coincidência. Estava ansioso para chegar ao hotel e olhá-los com tranquilidade.

A caixa foi gentil e separou os seis livros em três sacolas diferentes. Cada um levou uma, com exceção do professor Rollins, e foram para o metrô e em seguida para o Hampton Inn. Durante o caminho inteiro o idealizador da aventura achou que estavam sendo seguidos. Não avisou aos outros porque pensou: "Provavelmente são meus nervos. Estou preocupado por não termos achado nada ainda".

Chegaram ao Hampton, e Prince convocou todos ao seu quarto para que pudessem continuar as investigações.

Depois de uns dez minutos, Tony disse:

— Na primeira página do livro de Henrik Svenson há um tipo de quadrinha. Acho isso um pouco incomum.

— Não, não é — observou o professor Rollins. — Muitos autores fazem algo assim. Usam quadrinhas, versos aleatórios, poemas...

— Ele está certo — continuou Prince. — Escritores fazem isso a toda hora.

— Sim, mas espere um pouco. Eu acho que vi uma quadrinha em um dos outros livros, mas debaixo de um desenho. Acho que é no da mulher — disse um empolgado Ed, se esticando para pegá-lo. — Aqui está, tem até um título.

— Qual é o título? — perguntou Tony.

— "Descubra o disfarce do comerciante que é produto do filho de John".

— Meu Deus! É exatamente o que está escrito no final dessa. Achamos as pistas!

Prince quase ficou sem ar, mas conseguiu se controlar.

— Beleza, pessoal! Agora, antes de focarmos em ver exatamente aonde essas pistas vão nos levar, vamos apenas nos certificar de que as quadrinhas também estão nos outros quatro livros.

E realmente, agora sabendo o que procurar, encontraram as outras quatro. Em um dos livros encontraram uma quadrinha no terceiro capítulo, no segundo em outro, no último capítulo em outro e uma até nos agradecimentos.

Agora era hora de entender o que essas pistas diziam, e Prince pegou o livro de Henrik Svenson primeiro.

— "Descubra o disfarce do comerciante que é produto do filho de John." Certo, por favor, confiram em todas as quadrinhas se elas têm este título, frase ou o que quer que isso seja.

Ed, Tony e o professor Rollins checaram. Todos disseram *sim*. Estava sempre no fim ou no título.

— Tudo bem, mas que porra é essa? — indagou um irritado Tony.

Ninguém tinha a menor ideia.

O professor Rollins começou a pensar alto:

— Que disfarce? Que produto? Quem é John?

Prince teve outra ideia:

— Talvez o título não seja tão importante. Vamos focar nas quadrinhas. Vamos ver essa de Henrik:

"Procure o primeiro com olhar profundo
Onde Béarns se unem por maior força
Do outro lado da ponte
Aaland com azul ao fundo.

Do lado direito do amarelo
Jaz o chaveiro para a eterna vida
Por trás de um choro famoso por nosso Deus
Onde se preparam as preces do dia."

Prince leu em voz alta, e todos pensaram por um momento. Nenhum deles tinha qualquer sugestão sobre o que queria dizer.

A primeira ideia veio de Tony:

— E se colocarmos tudo no Google?

— Não adianta — disse Prince, taxativo. — Nós precisaríamos de um resultado exato. Impossível.

— E se colocarmos verso por verso?

— Pode ser, mas temos que colocar entre aspas, pois precisamos de resultados exatos. Eu não acho que vá ajudar muito, mas não faz mal nenhum tentar.

Tentaram e, obviamente, não funcionou. Ed analisou de novo.

— São versos sem sentido, é como uma ladainha que parece significar algo e não significa nada. Não há o que depreender disso. Talvez tudo seja mesmo um mito.

— A única coisa que eu sei é que Aaland é uma região da Finlândia onde há um arquipélago — falou Prince.

Isso não despertou ideias em ninguém.

Estava perto da uma da manhã, todos estavam cansados e pegariam voos de volta no dia seguinte. O professor Rollins estava bocejando, e Prince decidiu encerrar os trabalhos por aquela noite.

— Vamos dormir. Vou levar os livros na minha bagagem de mão, não quero correr nenhum risco. Com eles em casa, vejo o que consigo descobrir. Muito obrigado a todos pela ajuda.

— Por que não tentamos alguma das outras quadrinhas? — perguntou Tony.

— Não, eu quero resolver essa primeiro e daí ter certeza de que todas podem ser resolvidas. Tentar outra e não conseguir pode aumentar a minha frustração.

— Bom, tenho que voltar ao meu hotel. Se você precisar de alguma coisa ou descobrir algo, por favor, me ligue.

— Claro, professor. Obrigado. Tenha uma boa noite e que Deus o acompanhe amanhã em sua viagem de volta a Boston.

O professor Rollins despediu-se dos outros dois e saiu. Ed e Tony voltaram para seus quartos. Quando eles estavam saindo, Prince perguntou:

— Ei, Tony, alguma aventura hoje à noite?

— Não, hoje, não. Estou cansado e não estou a fim. Até amanhã.

Prince fechou a porta do quarto e deu uma última olhada nos livros. Conteve uma vontade forte de olhar todas as quadrinhas, sabendo que, cansado, não ia adiantar. Estava confiante que em sua casa, em seu ambiente, iria desvendá-las. Mas, naquele momento, ele precisava dormir.

CAPÍTULO 10

Depois de fazer o *check-in* no La Guardia, Prince novamente teve a estranha sensação de estar sendo observado. Achou que o homem com um jornal, perto das máquinas de *check-in self-service*, não estava exatamente lendo, e sim observando-o. Mas, de novo, estava ansioso e tenso por não descobrir a primeira pista e queria chegar logo em casa para fazer isso.

No avião, mais uma vez sentiu muita vontade de tentar resolver todas as pistas ali mesmo, mas não queria arriscar que alguém perguntasse o que estava lendo. Decidiu que só olharia para elas de novo em casa. No entanto, para aumentar seu mau humor, isso teria que esperar. Lembrara que tinha que preparar sua palestra no Instituto Americano-Sueco sobre bandeiras escandinavas. Dissera à sua mãe que tudo estava pronto, mas ainda tinha que rever e melhorar algumas partes, e essa era uma oportunidade que não podia perder.

A mãe de Tony, a senhora Escovedo, estava no aeroporto em Minneapolis para buscá-los. Deixou Prince em casa primeiro. Assim que ele entrou, sua mãe perguntou:

— Alguma sorte?

— Sim, encontrei os livros e tenho dezoito mil e quinhentos dólares a menos no banco. Foi o que eles me custaram.

— Dezoito mil e quinhentos? Prince, você está maluco? — Scott não ficou feliz.

— Estou começando a achar que talvez esteja, mas olha, eu não os estudei com calma. Tenho certeza que tudo dará certo. Enquanto isso, tenho uma palestra para revisar e deixar perfeita.

Foi até o seu quarto, largou a bolsa em sua cama e começou a trabalhar na palestra. Mais uma vez, a vontade de parar e olhar os livros era enorme, mas era responsável e essa chance era importante.

Na verdade, durante os dias antes do evento, pediu para que sua mãe escondesse os volumes em algum lugar que ele não conseguisse achar, para manter o foco na palestra. Kate ficou feliz em realizar o desejo.

Finalmente, chegou o grande dia. O Instituto Americano-Sueco é considerado um dos prédios mais bonitos de Minneapolis. Originalmente, era uma mansão onde morava Swan J. Turnblad e cuja construção foi concluída em 1908. Foi inspirada no estilo de *châteaux* franceses e se tornou o Instituto em 1929. Um castelo com 33 quartos, pequenas torres, gárgulas e madeira esculpida à mão. O frontão de entrada, em formato de arco, com uma varanda em cima, tem dois mastros, um de cada lado: do lado direito fica a bandeira sueca e, do lado esquerdo, a bandeira americana.

A administração do local achou que seria melhor colocar Prince na biblioteca Wallenberg para sua apresentação. Era algo bem íntimo, seu público caberia facilmente ali.

Iniciou a palestra falando sobre as cruzes nas bandeiras, porque todas as bandeiras escandinavas as possuem, e então foi entrando nas especificidades de cada país. Seus poucos interlocutores estavam entretidos e seus pais, orgulhosos. Eles fizeram questão de honrar com sua presença a primeira palestra do filho, especialmente porque era sobre algo que tinham visto se desenvolver nele desde muito cedo.

Quase no final, quando falava sobre a bandeira sueca, disse:

— Então, como podem ver, a bandeira da Suécia é igual à de Aaland com azul ao fundo... — E aí parou. Alguma coisa se acendeu em sua cabeça, notou algo familiar; o que era? "Aaland com azul ao fundo"! Era um dos versos da quadrinha! Ele sorriu.

Seu pequeno público ficou apreensivo. Por que havia parado? Seus pais se entreolharam, um pouco assustados. Mas rapidamente Prince continuou e terminou sua apresentação. Foi aplaudido de pé. Estava empolgado, mas agora tudo o que queria era voltar o mais rápido possível para que pudesse olhar os versos de novo. Tendo descoberto o primeiro, talvez encontrasse a chave para revelar todo o resto.

Prince e seus pais foram convidados para um coquetel após a palestra, mas ele não queria ficar. Estava animado demais com o que acreditava ter descoberto e queria ir para casa. Scott e Kate acharam que seria rude não permanecer e não quiseram deixar o local. Então Prince despediu-se de todos separadamente, usando a desculpa de que estava cansado, porque não dormira bem na noite anterior devido à tensão (o que seus pais sabiam que não era verdade). Estava prestes a chamar um táxi quando sua mãe foi até ele.

— O que aconteceu? Eu sei que não está cansado. Por que quis ir embora de repente?

— Eu tive uma intuição quanto aos livros. Onde você os colocou? Eu preciso deles.

— Oh, Prince, você e essa sua busca bizarra… Devia ficar aqui e se regozijar com os elogios. Fez um grande trabalho, agora colha os benefícios dele.

— Não posso, mãe, por favor, me diga onde eles estão. Tenho certeza de que vou descobrir tudo e toda essa loucura vai começar a fazer sentido.

— Está bem. Os livros estão no fundo do baú de lençóis no meu quarto. Para pegá-los, terá que tirar tudo. Por favor, ponha de volta depois que pegar o que precisa.

— Ótimo, obrigado, eu guardarei tudo. Fale *tchau* para o papai por mim.

Prince deu um beijo na bochecha de sua mãe e chamou um táxi.

Scott estava em uma conversa animada com alguns músicos suecos de *jazz*, que estavam na cidade para um show.

Quando chegou em casa, correu como um raio laser, direto para o quarto dos pais e o baú dos lençóis. Abriu-o e começou a jogar tudo para fora até chegar ao objetivo. Ele tirou os livros e recolocou o resto no baú.

Pegou o livro de Henrik Svenson e leu a quadrinha novamente, falando consigo mesmo.

— Tudo bem. Se com Aaland com azul ao fundo ele quis dizer a bandeira sueca, indicando que procuramos algo na Suécia, talvez tendo bandeiras em mente eu possa desvendar a charada. Vejamos: "Procure o primeiro e vá fundo/ Onde Béarns se unem por maior força". Talvez o primeiro verso seja indiferente, é muito simples. No entanto, *Béarn* pode ser várias coisas diferentes, todas ligadas a uma região no sul da França. Parece que o resto do verso foi escrito só para dar algum sentido a esse nome. União e maior força? Onde essas três palavras estão juntas em uma bandeira? — Prince pensou por mais ou menos dois minutos — Andorra! O brasão na bandeira de Andorra tem o mote: "*Virtus Unita Fotior*", o que significa: "Unidos a força é maior". E este mesmo brasão tem o símbolo de *Béarn* que são dois bois, no quarto quadrante. Então, "procure no primeiro e vá fundo", não no quarto. O primeiro quadrante tem um báculo e uma mitra, o que significa igreja. "Do outro lado da ponte/ Aaland com azul ao fundo". Bem, eu sei que o segundo verso é a Suécia. "Do outo lado da ponte". Que ponte? Uma ponte para chegar à Suécia? Bem, vamos ver no Google. — Após uma rápida pesquisa, encontrou o que buscava. — É claro! Como pude ser tão burro? A ponte de Öresund liga a Dinamarca à Suécia, cruzando o estreito homônimo e chegando a Malmö. Então, procuro uma igreja em Malmö, na Suécia. Agora vamos ver a segunda quadrinha: "Do lado direito do amarelo/ Jaz o chaveiro para o Paraíso". Lado direito do amarelo? Chaveiro para o Paraíso? O único chaveiro que eu me lembro em uma bandeira são as chaves de São Pedro na bandeira do Vaticano. Essas são conhecidas como as chaves para o Paraíso e estão ao lado direito da parte amarela. Vamos fazer mais uma rápida busca no Google. Sim, há uma igreja de São Pedro em Malmö, na Suécia. O que quer que esteja escondido, um deles está nessa igreja em Malmö. Em que lugar da igreja deve ser: "Por trás de um famoso choro por nosso Deus/ Onde se preparam as preces do dia"? O que quer que essas lágrimas famosas signifiquem, estão provavelmente na sacristia da igreja, que é onde se preparam as preces do dia. Tenho que avisar a todos. Vamos para a Suécia!

Mais empolgado impossível, ligou para o professor Rollins.

— Alô?

— Professor? É o Prince. Eles estão falando de bandeiras nas quadrinhas. Ban-dei-ras!

— O quê? Como assim, eles estão falando de bandeiras? Quem está falando de bandeiras?

— As quadrinhas nos livros, elas são pistas para encontrarmos bandeiras que nos levarão ao esconderijo onde está aquilo que precisamos para chegar ao tônico. Eu descobri!

— Você está brincando! Como você descobriu?

— Sem querer, eu falei uma frase igual a um dos versos na quadrinha do livro do Svenson durante minha palestra, quando falava sobre uma bandeira escandinava. Pensando em bandeiras, comecei a interpretar todos os outros versos.

— Tem certeza absoluta sobre isso?

— Eu desvendei o código. Temos que ir à igreja de São Pedro em Malmö, na Suécia. Eu ainda não sei o que estamos procurando, mas nós precisamos ir para lá.

— Nós, não. Sinto muito, mas não posso ir. Estou ocupado trabalhando numa tese sobre os persas. Parabéns e boa sorte. Por favor, me mantenha informado!

— Tudo bem, vou falar com os outros dois. Tchau!

Ed também não podia ir porque havia prometido à sua nova namorada que passariam uma semana na Disneylândia no verão, e iriam justamente na semana seguinte. Porém, ele fez uma sugestão a Prince:

— Como planeja ir?

— Ainda não pensei nisso com calma, estou empolgado demais.

— Olha, eu fui para a Suécia uma vez com meu time de hóquei do Ensino Médio, e nós fomos para essa cidade. Pegue um voo para Copenhague e um trem para a estação central de Malmö, porque é bem mais fácil. Senão, você tem que pegar três aviões ou fazer uma viagem de seis horas de trem de Estocolmo.

— Ah, obrigado, não vou me esquecer disso.

— Certo. Tchau e parabéns, eu sabia que você conseguiria!

Prince então ligou para Tony e não ficou surpreso com a resposta.

— Suécia? É claro! As garotas mais bonitas do mundo, ou pelo menos é o que se diz. Mal posso esperar para ver todas aquelas belas loiras escandinavas. Sorte sua que posso ir porque ainda não consegui um emprego, estou livre.

— Isso. Mas, por favor, estamos indo para lá com uma missão, não se esqueça disso. Vou comprar nossas passagens e reservar nosso hotel. Vamos na semana que vem.

— Tá bom, tá bom. Estarei pronto.

Prince comprou passagens da Scandinavian Airlines para Copenhague. Pegariam um voo de Minneapolis para Nova York e daí, sem escalas, para a Dinamarca.

Quando seus pais voltaram do Instituto, encontraram Prince esperando por eles na sala de estar, sorrindo daquela forma que crianças sorriem quando sabem que fizeram algo errado.

Kate percebeu na hora.

— O que aconteceu? Por que você está com essa expressão engraçada?

— Uh, oh, bom, eu vou para a Suécia na semana que vem. Já comprei as passagens e reservei o hotel.

Scott ficou chocado.

— Suécia? Por que diabos você vai para a Suécia?

— Eu desvendei o código em uma das quadrinhas, o que me levou para lá. Malmö, para ser mais específico.

— Que quadrinhas? Nós sequer sabemos sobre o que você está falando.

Prince explicou sobre os versos nos livros e para o que eles provavelmente o levariam.

Scott e Kate suspiraram.

— E qual foi a chave para quebrar o código? — perguntou Kate.

— Vocês não vão acreditar, mas foram bandeiras.

— Bandeiras? P, você tem certeza que não está sonhando acordado? É que é uma coincidência muito grande...

— Sim, tenho certeza. Tudo o que eu peço é uma chance. Vou investigar isso e, se não encontrar nada, eu paro e deixo a sorte de Hugh nas mãos de Deus. Por favor, eu sei que vocês entendem.

— É claro que nós entendemos — disse Kate —, nós só não queremos que você tenha uma enorme decepção, que vai tornar ainda mais difícil para você lidar com o que está acontecendo. Você já comprou as passagens e reservou o hotel; tudo o que nós podemos dizer agora é boa sorte.

Scott aquiesceu.

— Obrigado aos dois. Tenho certeza absoluta de que vou descobrir alguma coisa.

OBS: Se o prezado leitor ou estimada leitora tiver a curiosidade e sentir necessidade, todas as bandeiras e brasões citados nesse e nos próximos capítulos podem ser facilmente encontrados com uma simples busca no Google.

Carlo Antico

CAPÍTULO 11

Seguindo o conselho de Ed, Prince e Tony chegaram à estação central de Malmö vindos do aeroporto de Copenhague, mais ou menos às 19 horas. Estava claro como se fossem três da tarde. Verão na Escandinávia: quase não existe noite. Numa primeira impressão, a localidade parecia corresponder a tudo que se espera de uma cidade na Suécia: bonita, organizada, limpa e com um sem-número de mulheres bonitas por toda parte. A cabine da casa de câmbio Forex já estava fechada, então não puderam trocar seus dólares por coroas suecas. Mas poderiam deixar isso para o dia seguinte, já que hoje só fariam o *check-in* e jantariam, o que Prince poderia fazer usando cartão de crédito.

Reservara dois quartos no First Hotel, na Baltzarsgatan. Ele e Tony saíram da estação, cruzaram uma ponte, passaram pela bela Malmö Square, onde ficava a prefeitura, e por uma balada chamada Étage. Os olhos de Tony brilharam quando imaginou as possibilidades dentro daquele clube, mas não disse nada porque sabia que Prince estava focado em achar a igreja e o que quer que estivesse dentro dela.

Fizeram o *check-in* e rapidamente saíram para dar uma volta. Viraram à esquerda após sair do hotel em direção a Skomakaregatan e continuaram em frente por ela. Nessa rua, encontraram uma loja de discos chamada Folk & Rock, que fez ambos salivarem. Talvez no dia seguinte tivessem um tempo para explorá-la. Eles se viram na linda e pitoresca Lilla Torg e foram a um agradável restaurante italiano chamado Piccolo Mondo. Ambos pediram por cardápios em inglês. Decidiram por dois pratos de *penne* e duas *pints* de Guinness.

— Prince, se não se importa que eu pergunte, por que tem tanta certeza que eles estão falando de bandeiras? É só que... Por que eles usariam essa referência para as pistas? Para mim é meio estranho. Confio tanto em você que quando me falou nem me toquei. Só agora me dei conta disso.

— Pois é, não vou negar que seja estranho, mas se você pensar bem, bandeiras por si só são uma linguagem, o que é conveniente para algum tipo de código, e são parte de nossa vida diária. É uma parte fascinante do nosso dia a dia e não é uma fantasia. Acho que foi nisso que eles pensaram quando decidiram deixar as pistas dessa forma: você não está buscando uma poção mágica. Busca por algo que é real, mas também incrível, como bandeiras.

Tony sorriu.

— É uma ideia interessante. Já sabe onde é a igreja?

— Não, mas eu vi de rabo de olho um telhado que deve ser de uma. Esse é o menor dos nossos problemas, só precisamos perguntar na recepção do hotel onde é a igreja de São Pedro. A questão é o que fazer quando chegarmos lá. Vou precisar que distraia quem quer que esteja na igreja, porque preciso entrar na sacristia. É lá que o que estou procurando está escondido. Seja o que for.

— Confie em mim. Poderá procurar e pegar qualquer coisa que quiser.

— Ótimo. Cara, você tem tido a sensação de que está sendo seguido? Comecei a ter essa impressão assim que saímos da Strand em Nova York.

— Só está nervoso e ansioso, o que te deixa um pouco apreensivo. Não estamos sendo seguidos. Você tem que lembrar que é algo tão difícil de acreditar que, fora a gente, quem poderia estar atrás disso?

— É, talvez você esteja certo. Tomara que amanhã, depois de achar alguma coisa, eu fique mais relaxado.

Prince pagou a conta e voltaram ao hotel. Perguntou se Tony ia sair à noite atrás de algumas belezas escandinavas, mas dessa vez ele estava cansado da viagem e também decidiu ir dormir.

No dia seguinte, acordaram e, como Prince havia planejado, perguntou na recepção onde ficava a igreja de São Pedro. A mega-atraente e gentil loira explicou qual era o prédio, e era exatamente aquele cujo telhado ele havia vislumbrado. Todavia, informou que só abriria às 14 horas. Eles agradeceram e foram matar o tempo na Folk & Rock. No caminho, Tony disse:

— Cara, eu podia casar com essa menina da recepção!

— Só você, né? Acho que só os suecos não acham que ela seja assim tão bonita, porque é o padrão aqui. Aposto que homens de todos os outros lugares do mundo acham que poderiam se casar com ela.

A Folk & Rock foi demais. Era uma ótima loja com várias opções de diferentes tipos de música, como Tony e Prince adoravam. Claro que lembranças daquele dia na Electric Fetus com Alice e Hugh voltaram com toda a força, mas isso foi bom. Lembrou-os da tarefa muito importante que tinham em suas mãos nessa viagem: ir atrás de mais uma peça do quebra-cabeça que evitaria que Hugh tivesse o mesmo destino nefasto da amiga. Ambos compraram vários discos de estilos que sabiam ser mais difíceis de achar em casa, como *folk* inglês e *melodic rock* europeu. Prince também comprou alguns DVDs antigos de *jazz* e *blues* gravados na vizinha Copenhague, para Scott.

Decidiram almoçar apenas um cachorro-quente e tomar uma lata de coca rapidamente na banca de jornal mais próxima, deixar a sacola com os discos no hotel e de lá seguir para seu destino.

Era uma igreja vermelha no típico estilo gótico, feita de tijolos do Báltico do século XIV. Olhando de fora, parecia sinistra e tinha certo ar trágico. Prince e Tony entraram decididos e descobriram que não havia nenhum visitante. Isso era ruim. Sendo os únicos ali, seria mais difícil fazer algo de forma sorrateira.

Surpreendentemente, do lado de dentro, a igreja era iluminada, arejada e digna de nota. O púlpito era de calcário preto e arenito, decorado com a história de Cristo. O gigantesco altar do século XVII era magnífico, e no piso havia algumas lápides. Os candelabros para as velas votivas eram em formato de globos.

Prince se encaminhou para onde queria ir e, quando chegou lá, descobriu que a porta estava trancada. Contudo, ouviu vozes lá dentro.

Talvez fosse uma reunião de membros da igreja que acabaria logo, mas, de qualquer forma, teria que esperar.

Foi até onde Tony estava, e ficaram juntos admirando os maravilhosos vitrais. Então, a porta da sacristia se abriu e de lá saíram dois homens. Um vestia terno e gravata e atravessou toda a nave até sair para a rua. O outro usava uma camisa preta de manga curta e calça preta, mas dava para ver que era um padre porque usava o colarinho romano branco. Era jovem, de cabelos negros e profundos olhos azuis.

Notou os dois visitantes e começou a andar na direção deles. Cumprimentou-os em sueco e, ao receber a resposta em inglês, começou a falar nessa língua.

— De onde são?

— Estados Unidos — respondeu Prince, sorrindo.

— Prazer em conhecê-los, Deus abençoe vocês dois. É a primeira vez que vêm à Suécia?

— Sim.

— O que acham da nossa igreja?

— É maravilhosa, estávamos justamente admirando os vitrais. Quando foi construída? — perguntou Tony, já começando a conversa que manteria o padre ocupado.

— A data exata é desconhecida, mas temos registros de que exista desde 1346.

Os dois começaram a andar e conversar, enquanto Prince fingia ficar para trás acendendo velas. Quando notou que estavam a uma distância segura, andou com celeridade até a sacristia e tentou abrir a porta. Estava destrancada.

Prince entrou e nem precisou procurar muito. Havia um lindo quadro da *Pietà* na parede, de frente para a porta de entrada. Ele pensou: "Realmente, *um famoso choro por nosso Deus*". Andou até a pintura e notou um coração e um halo bem pequenos entalhados no canto esquerdo superior da moldura. Arregalou os olhos e tirou a tela de seu local. O que viu só deixou as coisas mais confusas. Havia cinco pequenos ganchos pregados na parede, arranjados em uma forma que lembrava vagamente a da constelação do Cruzeiro do Sul. Parou e refletiu, depois colocou tudo em seu devido lugar e saiu discretamente.

Tony ainda conversava, e Prince fingia examinar o altar. Seu amigo o viu e recebeu o sinal de ok. Dali a pouco se juntou a eles dentro da bela capela Kramare. Assim que apareceu, perguntou ao padre:

— Desculpe, estava lá atrás e não ouvi quando o senhor falou. Qual o seu nome?

— Eu sou o padre Ljung.

— Bem, nós agradecemos ao senhor por gastar seu tempo para conversar conosco sobre esta linda igreja, mas agora temos que ir. Ainda temos que fazer nossas malas, e nosso voo sai cedo amanhã. Foi muito legal conhecê-lo.

— Obrigado pela visita. Farei uma oração amanhã de manhã para que façam uma boa viagem. Vão com Deus.

Despediram-se do religioso e saíram. Tony estava ansioso para saber o que Prince havia descoberto.

— Como foi? O que descobriu?

Sentiu-se um pouco desconfortável, mas tinha que contar a verdade.

— Bom, ah, pequenos ganchos. Havia cinco ganchos bem pequenos pregados na parede atrás de uma pintura da *Pietà*. E foi isso.

— Cinco ganchos pequenos? Nós viemos até a Suécia para descobrir cinco ganchos? Prince, desculpe, mas isso só prova que você está numa busca sem sentido.

— É aí que você se engana, meu querido amigo. Isto prova que a lenda é real. Pense bem: cinco ganchos para outros cinco livros. As outras quadrinhas nos levarão ao que supostamente tem que ser pendurado lá naqueles ganchos. Depois disso, algo deve acontecer. Só Deus sabe o quê. Temos que resolver outra charada para saber onde encontrar o que deve ser colocado naqueles cinco locais atrás do quadro.

Tony pareceu convencido:

— Tá bom, mas você continua sem ter a menor ideia do que pode ser?

— Sim, mas acho que tem que ser algo relacionado ao título que aparece em todas as quadrinhas: "Descubra o disfarce do comerciante que é produto do filho de John". Porém, nem desconfio o que isso pode significar. Bom, voltamos para casa amanhã. Depois de descansarmos, nos encontramos em minha casa para tentar descobrir a próxima pista juntos, você e eu, o que me diz?

— Fechado.

Voltaram ao hotel, e Prince olhava sobre seu ombro quase a cada cinco minutos, porque continuava convencido de que estavam sendo seguidos. Depois de arrumarem as malas, foram jantar no Fagans Irish Pub, onde se divertiram bastante, porque era noite de *quiz*. Tony estava prestes a se dar bem com uma sueca, quando se lembrou que tinham que acordar cedo na manhã seguinte e, para sua total frustração, teve que abdicar da garota.

CAPÍTULO 12

O voo era tão cedo que a estação de Malmö ainda estava fechada quando chegaram para pegar um trem para o aeroporto de Copenhague. A solução foi pegar um táxi e atravessar de carro a ponte. Era de manhãzinha e o céu era uma mistura de rosa e violeta. E o estreito de Öresund era ainda mais bonito de olhar da janela de um carro do que da janela de um trem.

Tony e Prince dormiram como pedra no voo de volta, já que cruzavam o Atlântico pela segunda vez em menos de três dias. O cansaço cobrava seu preço, e, se a intuição de P estava correta, ainda havia muito trabalho a fazer.

Eles chegaram a Minneapolis e, mais uma vez, a mãe de Tony foi pegá-los no aeroporto. Prince chegou em casa com a intenção de ir direto para seu quarto, dormir confortavelmente e descansar para o dia seguinte. Queria ter sua mente absolutamente afiada para desvendar a próxima quadrinha. Mas seus pais obviamente queriam falar com ele.

— Querido! Como foi de viagem? Deu tudo certo? — perguntou Kate, ansiosa.

— Foi tudo bem, mas eu *preciso* dormir. Amanhã conto tudo com calma.

— Certo, vá descansar. Tome um banho para dar uma relaxada maior.

— É, vou fazer isso. Estou estropiado.

* * *

Quando acordou na manhã seguinte, seus pais queriam saber como fora a viagem.

— Descansou? Você estava péssimo ontem. Sua voz nem saía direito. Valeu a pena? — perguntou um curioso Scott.

— Sim, descansei. Valeu a pena. Achei algo, mas ainda não sei exatamente o que é. Eram cinco ganchos pregados em uma parede atrás de um quadro.

— O quê? Prince, olha, você pediu uma chance e nós lhe demos. Mesmo assim, continua sem ter cem por cento de certeza de nada. Por favor, pare com essa insanidade.

— Não, não, não. Eu não sei o que estou procurando, mas sei que há algo. Aqueles cinco ganchos provam que a lenda é real, afinal, é o mesmo número de livros que restam para serem desvendados. Se eu solucionar mais uma quadrinha, não terei mais dúvida sobre nada. Agora eu juro: só mais uma.

Scott e Kate balançaram a cabeça negativamente, mas não podiam fazer nada além disso. O filho estava determinado, e ninguém iria convencê-lo a parar.

À tarde, Prince ligou para Tony e pediu que fosse até a sua casa para poderem resolver outra charada. Escolheram o livro de Stephen Parsons — o químico de Portland, Oregon — chamado *A química e a natureza*. A sua "Descubra o disfarce do comerciante que é produto do filho de John" estava escrita no início do terceiro capítulo e dizia o seguinte:

"Estrelas e listras com cores invertidas
Pense: uma a mais que as primeiras
Depois pense na estrela de Davi
E símbolos filipinos na bandeira.

Deus, País, Liberdade
Observe de perto seu brasão
Doze badaladas e um cavalo
E mais perto de sua mão."

Tony leu e disse:
— Bem, você é o especialista em bandeiras. O que acha?

— Certo, o lance é pensar em um verso de cada vez. Vamos deixar o Google apenas para buscas mais específicas. Vejamos: "Estrelas e listras com cores invertidas". Esta é a primeira bandeira de El Salvador. Era exatamente como a nossa, mas as listras eram azuis e o quadrado do lado alto esquerdo era vermelho. "Pense: uma a mais que as primeiras". Bom, há catorze estrelas e nove listras nessa bandeira salvadorenha. Vamos pensar: o que era primeiro que tinha oito? Nada que eu me lembre. O que era primeiro que tinha treze?

— As treze colônias?

— Exatamente. Então procuramos algo possivelmente na Costa Leste dos Estados Unidos[50]. "Depois pense na estrela de Davi". A estrela de Davi está no centro da bandeira de Israel, e o que se diz é que o atual desenho dessa bandeira foi apresentado pela primeira vez em um encontro sionista em Boston. Então, nossa cidade é Boston. "E símbolos filipinos na bandeira". Os símbolos amarelos na bandeira das Filipinas são em sua maioria de origem maçônica. Logo, o que temos até agora é o seguinte: procuramos algo em algum lugar em Boston, ligado à maçonaria. Estamos indo bem.

Tony só parecia hipnotizado e impressionado com seu amigo.

— Vamos em frente para o próximo verso: "Deus, País, Liberdade". Este é o mote no brasão da República Dominicana, que fica no centro da bandeira deles. "Observe de perto seu brasão". Nesse brasão há uma bíblia, o que quer dizer que provavelmente procuramos outra igreja. "Doze badaladas e um cavalo". Caramba, agora empaquei. Vamos pensar: Boston, igreja, maçonaria. Se pensarmos nessas coisas e adicionarmos um relógio dando doze badaladas e um cavalo, o que temos?

— Bem, normalmente, quando se diz que o relógio deu as doze badaladas, quer dizer meia-noite. Quer dizer, pode ser meio-dia, mas normalmente refere-se à meia-noite.

---

50. As treze colônias foram os treze primeiros territórios colonizados quando os ingleses chegaram aos EUA. Estavam localizadas pela Costa Leste americana e foram elas que se declararam independentes em 04/07/1776.

— Isso, e meia-noite e um cavalo nos dá o quê?

— Uma cavalgada à meia-noite. Paul Revere[51]? Ele era maçom.

— Bingo! Eu morei em Boston e lembro que há uma igreja com o banco da família de Paul Revere nela. Vamos ver no Google... É isso aí. O que quer que estejamos procurando está na Old North Church em Boston, no banco da família de Paul Revere.

Tony continuava mesmerizado pelo raciocínio e sabedoria do amigo:

— Sabe, Prince, às vezes eu acho que você é de outro planeta.

— Valeu. É que já faz tanto tempo que eu estudo e leio sobre essas coisas, que se tornaram naturais para mim. O que acha de irmos a Boston depois de amanhã? Não temos tempo a perder.

— Por sorte ainda estou desempregado, então posso ir. Não sei por quanto tempo poderei seguir você nessa aventura maluca, mas enquanto ainda posso, vou aproveitar. Estarei pronto.

— Excelente, vou ligar para o professor Rollins também. Tenho certeza de que ele vai querer estar conosco desta vez; é ali praticamente no quintal da casa dele.

Tony despediu-se e foi para sua casa fazer as malas de novo, agora para uma viagem mais rápida e mais próxima. Quando tudo começou, ele era o mais cético, mas agora se via tão empolgado quanto o amigo.

Prince ligou para seu mestre.

— Alô?

— Professor, é o Prince.

— Fala! Como foi na Suécia?

— Foi ótimo, a lenda está viva. Eu conto os detalhes depois, mas você não vai acreditar. A próxima pista nos leva para a boa e velha Boston. Estarei aí com Tony depois de amanhã. Quer que a gente passe na sua casa para você ir conosco?

— Se eu quero? Que pergunta é essa, meu amigo? É claro! Você

---

51. Paul Revere é uma das figuras mais importantes da Independência Americana. É conhecido por sua cavalgada à meia-noite em abril de 1775 para avisar aos rebeldes da chegada das forças inglesas pelo mar antes das batalhas de Lexington e Concord.

está no limiar de uma descoberta incrível, e quero estar junto para testemunhar. Aonde vamos?

— Eu conto assim que chegarmos aí. — Despediu-se rapidamente e desligou antes que Rollins pudesse dizer qualquer coisa, já que queria fazer uma surpresa.

Comprou duas passagens pela Delta Airlines (porque os voos eram diretos) e foi contar a seus pais sobre sua nova empreitada.

— Vou para Boston depois de amanhã. É para onde a próxima pista me leva. O apartamento na Huntington ainda é nosso, né? Vou ficar lá. Você sabe onde estão as chaves, mãe? — Sua ansiedade refletia-se até na maneira de falar.

— Sim, Prince, eu sei onde elas estão. Eu pego para você. Mas tem que me prometer uma coisa: se voltar dessa viagem de mãos vazias, vai parar, certo?

— Certo, eu prometo. Se não conseguir nada desta vez, esqueço completamente esse assunto.

E, assim, ele e Tony chegaram ao apartamento em Boston no meio da tarde de sexta-feira. Deixaram seus pertences no quarto e, sem tempo a perder, foram para a casa do professor. Ligaram do telefone de Tony quando já andavam pela rua Boylston para avisar que estavam a caminho.

Quando chegaram, eram umas cinco e quinze da tarde, e Prince queria ir à Old North Church antes que fechasse. Não pretendia fazer nada ainda, apenas analisar o lugar e ver se conseguia achar uma dica de onde, no banco, o que ele estava procurando podia estar.

Indo para a igreja, contou a Rollins tudo sobre sua estadia em Malmö, sua descoberta dos cinco ganchos e sobre a sensação de estar sendo seguido.

— Incrível, Prince, simplesmente incrível. Agora, sobre ser seguido, é só sua imaginação e tensão. Lembre-se: está atrás de algo que ninguém sequer sabe que existe e todos os que ouviram falar acham que é besteira, como este que vos fala... Até você começar a achar provas de que não é.

— O que vamos procurar no banco da igreja? — perguntou Tony.

— O símbolo deles. De acordo com a lenda, os lugares em que o objeto que estamos procurando está escondido são identificados por um coração e um halo. Na pintura em Malmö havia um. Imagino que, em um banco de igreja, esteja entalhado em algum lugar.

A Old North Church é parte da Freedom Trail[52] de Boston e é um lindo exemplo de arquitetura nos Estados Unidos coloniais. Parece exsudar os sentimentos de Boston na década de 70 do século XVIII, durante a luta contra os ingleses. A sensação é que ainda se consegue ver as duas lamparinas no campanário[53].

Assim que entraram, o professor Rollins apontou o banco da família de Paul Revere para Prince. Nessa igreja, os bancos ficavam em compartimentos fechados, com espaço para três a quatro pessoas, e os assentos eram acolchoados. Os espaços que pertenciam a personalidades mais importantes ficavam trancados e o público comum não tinha acesso. O jovem curvou o corpo sobre a porta que fechava os compartimentos e, com a cabeça do lado de dentro, começou a analisar o lugar. Teve que fazer isso umas três vezes para que conseguisse olhar atentamente todos os detalhes do lugar, ao mesmo tempo que tentava ser discreto. Pediu para os amigos que lhe avisassem caso estivesse chamando muita atenção, afinal, havia visitantes por perto. Do lado de dentro, não viu nada. Já estava ficando incomodado, quando algo lhe ocorreu: "Quando Stephen Parsons veio aqui esconder o objeto, também não deve ter conseguido entrar. E se estiver do lado de fora?". Ajoelhou-se e começou a averiguar. À sua esquerda, bem perto do chão, viu um entalhe e chegou bem próximo. Era um coração com um halo. Era tão pequeno que, se não se soubesse o que estava procurando, nem daria para notar. Levantou-se e chamou Tony e o professor para fora da igreja.

---

52. A Freedom Trail é um caminho que se estende por 4 km pelo centro de Boston e passa por 16 locais pertinentes à história dos EUA.
53. O código criado por Paul Revere para saber se os ingleses vinham por terra ou pela água foi com lamparinas. Instruiu seu amigo Robert Newman, sacristão da Old North Church, a deixar apenas uma lamparina acesa se viessem por terra e duas se viessem pelo mar. Viriam pelo mar, logo duas lamparinas foram acesas.

— Há um coração e um halo entalhados bem perto do chão do lado esquerdo. Tenho certeza absoluta. Provavelmente há algo por trás disso. Deve ser pequeno, proporcional ao tamanho dos ganchos que vi em Malmö. O que quer que seja, está atrás daquela marca. Terei que cavar um buraco ali e ver se acho alguma coisa.

— Cavar um buraco em algo que é praticamente um monumento nacional? E como você pretende fazer isso? — indagou Tony.

— Eu trouxe um canivete comigo. Pensei que talvez precisasse fazer um buraco pequeno em algum lugar no banco e, no fim, eu tinha razão. Só não lembrava dos bancos serem acolchoados. O único lugar em que dá para fazer uma abertura é na porta.

— Eu não vou deixar você profanar o banco de igreja da família de Paul Revere! Você perdeu a noção? — O professor Rollins o repreendeu como se estivesse na sala de aula de novo.

— Professor, você mesmo disse que estou no limiar de uma grande descoberta. Quer que eu descubra? Essa é a única maneira. Venham, vamos comer alguma coisa. Voltaremos amanhã. Professor, o senhor sabe em que horário a igreja tem mais movimento? A presença de muitas pessoas seria útil, para servir de cobertura.

— Amanhã à tarde, com certeza. É sábado.

— Ótimo, vamos almoçar alguma coisa gostosa agora. Alguma sugestão?

— Considerando onde nós estamos, podemos ir ao Antico Forno para uma bela comida italiana.

E foi mesmo uma bela refeição. Acompanhada de cerveja Samuel Adams e provavelmente do melhor *cannoli* da história. Prince disse que, se fosse esse doce em *O Poderoso Chefão*, a frase seria: "Leve a arma, deixe o *cannoli*".

Saíram do restaurante e combinaram de se encontrar na casa do professor Rollins no dia seguinte às 14 horas. Quando Prince e Tony voltavam para o apartamento da Huntington, o primeiro sussurrou para o segundo:

— Espere uns dois minutos e daí olhe para trás. Não há um cara de óculos escuros e uma camiseta do New England Patriots atrás de nós?

Tony esperou o tempo requisitado e olhou.

— Sim, há alguém desse jeito atrás de nós. E daí?

— Tenho certeza de que está nos seguindo. Está atrás da gente desde a igreja.

— Prince, pare com isso. É só sua imaginação. Está ansioso por causa de amanhã e cansado por causa do avião. Nem ele, nem ninguém, está nos seguindo. Relaxe.

— Vou tentar.

Continuou virando a cabeça até chegarem ao Boston Common Park, onde não viu mais a pessoa. Relaxou e foi com Tony até a Newbury Comics ver alguns CDs antes de irem ao apartamento.

Chegando lá, adormeceram rapidamente e acordaram cedo na manhã seguinte. Antes de sair, Prince colocou seu canivete no bolso de trás da bermuda. Decidiram tomar café da manhã no Au Bon Pain, no Prudential Center, passaram um tempo na Barnes & Noble em meio a livros e revistas, almoçaram no Joe's, na Newbury, e em seguida foram para a casa de Rollins.

Foram pontuais e tocaram a campainha exatamente às 14 horas. O professor abriu a porta e saiu.

— Pronto para fazer história? — perguntou seu aluno, claramente agitado.

— Sim, espero não me arrepender de danificar uma coisa tão querida como o banco de igreja da família de Paul Revere.

— Você não vai, eu prometo.

Chegaram à Old North Church, que, exatamente como Patrick havia previsto, estava lotada. Andaram até o banco e esperaram um pouco. Então Prince disse:

— Certo, vou me ajoelhar ali onde está a marca. Preciso que me deem cobertura. Fiquem os dois em pé de forma que me cubram totalmente. Prontos?

Ambos balançaram a cabeça positivamente.

Prince ajoelhou e os dois ficaram na sua frente. Realmente, não dava para ver nada. O fato de a igreja estar lotada ajudou muito, ninguém prestava atenção no que ocorria. Discretamente pegou seu canivete. De vez em quando, Tony dava uma olhadinha para baixo, para ver como o amigo estava se saindo. Cavoucava no local onde havia visto o entalhe com o coração e o halo. *Roc, roc, roc, roc.* Depois de apenas quatro cavoucadas, algo que estava lá dentro caiu no chão. Nem viu o que era. Pegou, colocou no bolso, levantou-se e saiu, deixando um pequeno buraco no banco de igreja da família de Paul Revere.

Antes de sair, falou baixinho:

— Peguei, vamos sair daqui. — Os três saíram andando em marcha acelerada, antes que alguém da equipe de supervisão da Old North Church pudesse notar o que acontecera.

Do lado de fora, andaram até um beco ao lado, que levava até a estátua do herói nacional cuja relíquia da família agora tinha um orifício e sentaram-se em um banco. Lá, Prince colocou a mão no bolso da frente, pegou o objeto e esticou o braço com a palma ainda fechada. A respiração dos três ficou suspensa e seus olhos fixos. Ele então abriu a mão para que todos vissem o que era.

Era uma máscara veneziana em miniatura, feita de porcelana e pintada de amarelo e roxo. Tinha um buraco bem pequeno na frente. Tony perguntou:

— Que diabos é isso? Será que é o que procuramos?

— Sim — disse Prince de forma taxativa. — Este buraco na frente se encaixa em um daqueles ganchos que eu vi na parede da igreja em Malmö. Tenho certeza absoluta.

— Mas o que tem a ver com todo o resto? — perguntou Rollins.

— Eu não sei, mas é o que vamos descobrir. Vamos para sua casa, professor. Lá poderemos nos sentar e colocar nossa cabeça para funcionar.

Ele e Tony concordaram, e todos foram para a casa do mestre.

CAPÍTULO 13

Chegaram à casa do professor Rollins, foram direto para a sala de estar e sentaram-se ao redor da mesa de centro. Patrick e Tony cada um em uma das poltronas Chesterfield, e Prince no sofá Luís XVI.

Ele colocou a pequena máscara sobre a mesa e disse:

— Ok, senhores, vamos pensar: qual a ligação entre isso que estamos olhando e as pistas?

— As pistas nos disseram aonde ir, não o que procurávamos — disse Tony.

— Exatamente. O que foi a única coisa nas pistas que não dizia nada sobre a localização?

— Aquela frase esquisita: "Descubra o disfarce do comerciante que é produto do filho de John". Não teve nada a ver com aonde as pistas nos levaram.

— Sim, o que significa que a frase é exatamente sobre *o que* estamos procurando, ou seja, isso aqui. Agora vamos tentar entender a frase usando esta pequena máscara como base para começar a interpretação.

O professor Rollins, que até então apenas observava, finalmente disse:

— Ok, a frase diz "disfarce". Uma máscara pode ser um disfarce.

— Ótimo — disse seu ex-aluno. — E isso é uma máscara veneziana; em miniatura e de porcelana, mas, de qualquer forma, é uma máscara veneziana. Descobrimos a parte do disfarce. Vamos em frente: o que é um comerciante?

— Um vendedor, um homem de negócios, um mercador — respondeu Tony.

— Um mercador! É isso!

— Isso o quê?

— "Mercador" e "Veneza" são palavras que funcionam muito bem juntas, não? *O Mercador de Veneza*!

— Claro! Se um mercador fosse usar um disfarce em Veneza, seria natural pensar que ele usasse uma máscara veneziana, "o disfarce do comerciante" — concluiu o professor Rollins.

— Sim, o que nos deixa apenas com a parte do "produto do filho de John" — disse Tony.

— Essa é fácil. John é o nome do pai de William Shakespeare. *O Mercador de Veneza* era um produto de Shakespeare, e a máscara é um disfarce que esse mercador usaria — concluiu Prince.

— Uau! Esses cientistas eram sensacionais, cara! Que ideia! Você estava certo desde o começo! Agora estou convencido de que a lenda é real. Vamos desvendar as outras quadrinhas.

— Prince, estou tão orgulhoso de você — disse o professor Rollins, com lágrimas nos olhos. — Pode contar comigo para qualquer coisa. Por favor, me mantenha informado sobre qualquer novo andamento.

— Eu manterei. Agora temos que voltar, guardar isso em um local seguro e desvendar as outras charadas, como Tony disse. Vamos salvar o Hugh, tenho certeza absoluta. — Pegou a máscara da mesa e colocou-a de volta em seu bolso.

— Ok, Deus abençoe vocês na volta para casa. Estarei esperando notícias.

Despediram-se, saíram da casa de Rollins e voltaram ao apartamento. Durante o caminho inteiro, Prince não olhou sobre seus ombros nem uma vez. Provavelmente aquela impressão tinha sido mesmo produto de sua imaginação e ansiedade. Agora tinha certeza de que a lenda era real e sabia o que procurar, não havia por que ficar nervoso. Saíram no meio da manhã seguinte em direção ao aeroporto Logan para o voo no início da tarde.

* * *

Chegando a Minneapolis, mais uma vez a senhora Escovedo estava lá para pegá-los e levá-los para casa. Prince combinou com Tony para que se encontrassem no dia seguinte para desvendar outros versos.

Entrou em sua casa como se houvesse ganhado o prêmio Nobel em vexilologia (se tal coisa existisse). Seus pais estavam em casa e notaram imediatamente que algo havia dado certo.

— Deu certo, P? — perguntou Scott.

— Sim, agora tenho certeza absoluta de que a lenda é verdadeira e posso provar! — Ele abriu o menor bolso de sua mochila e de lá tirou a pequena máscara veneziana. — Eu preciso achar as outras quatro para pendurar naqueles ganchos na parede da igreja, na Suécia.

— E aí? — perguntou Kate, curiosa.

— Não sei, mas estou certo que algo acontecerá. Imagino que tenha a ver com algum tipo de mecanismo secreto. Tenho total confiança de que não acharia algo escondido no banco de igreja da família de Paul Revere se fosse tudo mentira.

— Isso estava no banco de igreja da família de Paul Revere? Como? — perguntou Scott.

— Estava no canto esquerdo inferior da porta. Dentro da madeira, atrás de uma pequena marca com um coração e um halo. Eu cavouquei um buraquinho lá, e saiu essa máscara.

— Uau, isso é tão incrível que nem vou repreendê-lo por fazer um buraco num lugar tão especial. Desculpe por termos duvidado de você.

— Sem problemas. Mãe, por favor, guarde isso no lugar mais seguro que você imaginar, até eu achar as outras quatro. Vou descansar agora. Tony vem aqui amanhã para podermos desvendar outra quadrinha. Vejo vocês no jantar.

Subiu para o quarto, deixou suas coisas e foi tomar um banho. Depois desabou sobre a cama.

Acordou para o jantar e, entre pedaços de bacalhau frito na cerveja, contou a seus pais sobre todas as suas descobertas na viagem a Boston. Agora estavam tão empolgados quanto ele sobre aonde esta aventura poderia levá-lo.

Na tarde seguinte, Tony estava lá de novo, para que pudessem desvendar outra charada. A diferença de empolgação do amigo agora para quando tudo havia começado era abissal. Ele parecia quase mais empolgado que Prince. Mal chegou na casa e já foi perguntando:

— Já decidiu qual será a de hoje?

— Sim. E o Ed? Você sabe quando ele volta?

— Sei, depois de amanhã, quarta-feira. Daí ele poderá compartilhar nossas incríveis descobertas e nossas aventuras também.

Prince riu.

— Legal. Vamos ver o que nosso amigo galês tem guardado para nós. — Pegou o livro do biólogo James Ling, intitulado *A natureza é nossa amiga*. Antes do início do segundo capítulo, lá estava a quadrinha do "Descubra o disfarce".

"Um cavalo na parte Baixa
Que outro país possuía
Em 18 com pompa e graça
Realeza, Nobreza, Utopia.

Uma figura que você deve encontrar
No triângulo da antiga Rodésia
Uma similar no ar
Onde cruéis foram as bombas aéreas.

Doze pontas de Guano
Observe onde a estrela está
Imagine o filho do marinheiro
E a árvore que ele escreveu ao pensar."

Quando Tony leu, sua única reação foi:

— Xi, Prince, agora temos problemas. Essa aqui é bem estranha. Guano? O que eles estão falando?

O amigo, como sempre, estava calmo.

— Relaxa. Vamos um passo de cada vez. Bandeiras, lembra? Não dá para me "pegar" falando sobre bandeiras. Vejamos: "Um cavalo na parte Baixa"...

— Há bandeiras com cavalo na parte de baixo?

— É "B" maiúsculo, então não é um lugar numa bandeira, é um nome. Uma bandeira de um lugar com "Baixa" no nome e um cavalo... É a Baixa Saxônia.

— Alemanha?

— Talvez, mas vamos ver o resto. "Que outro país possuía" significa Alemanha, mas está falando de outro país que usava o símbolo. "Em 18 com pompa e graça"... Em 1714, no século XVII, o mesmo emblema com um cavalo passou para a Casa Real Britânica e se tornou o emblema dos capacetes dos regimentos britânicos, que é o sentido de "Realeza, Nobreza, Utopia". O país é a Inglaterra, não a Alemanha. Vejamos a segunda parte: "Uma figura que você deve encontrar/ No triângulo da antiga Rodésia". Essa é fácil. O Zimbábue é a antiga Rodésia e, na bandeira deles, dentro de um triângulo branco há um pássaro. "Um similar no ar/ Onde cruéis foram as bombas aéreas". Certo, os bombardeios aéreos na Inglaterra foram cruéis em vários lugares. Temos que pensar em algum lugar onde há algum tipo de pássaro, em algum lugar alto.

— Liverpool não tem um pássaro no topo de um prédio que é o símbolo da cidade?

— Tem, sim. E os bombardeios aéreos lá durante a Segunda Guerra foram cruéis. Parabéns, Tony, muito bem. Agora a última parte: "Doze pontas de Guano/ Observe onde a estrela está". Doze pontas? O que pode ser doze pontas? E qual a ligação com guano? Ok, a bandeira de Nauru tem uma estrela de doze pontas. Tony, por favor, pesquise no Google as palavras "Nauru + guano", veja o que você consegue.

— Na mosca. Nauru, que é um lugar do qual eu nunca tinha ouvido falar até este segundo, é uma ilha no Pacífico quase que inteiramente composta de guano, um minério que permite a obtenção de fosfato.

— Sim, e a estrela está sob uma linha na bandeira. Então "Observe onde a estrela está" é só para que a gente saiba que a máscara está sob algo. "Imagine o filho do marinheiro/ E a árvore que ele escreveu ao pensar". Tudo bem, procuramos por algum lugar em Liverpool onde se possa esconder a máscara sob alguma coisa. E a quadrinha diz que é uma árvore. A árvore que o filho do marinheiro escreveu ao pensar… É claro!

Tony ficou surpreso:

— É claro o quê?

— Quem era de Liverpool, filho de marinheiro e queria que você imaginasse? John Lennon. E a árvore que ele escreveu ao pensar: *"No one I think is in my tree"* ("Ninguém em quem eu pense está na minha árvore"). *Strawberry Fields Forever*, lembra? Essa árvore, de acordo com muitos estudiosos dos Beatles e o folclore da banda, é a mais alta no quintal da casa onde ele passou sua infância em Liverpool. A máscara está lá embaixo.

— Faz sentido, mas você acha que um cientista deixaria pistas baseadas nos Beatles?

— Por que não? A "Corações Poderosos" já estava a todo vapor nos anos 60, eles viram o que tudo aquilo significava. Tanto ela quanto os Beatles começavam uma revolução de modo pacífico. Na verdade, faz todo o sentido.

— Você que manda, Prince. Não dá para discutir com essa explicação. Então, de saída para Liverpool? Quando vamos?

— Em dois dias. Ligue para o Ed, veja se ele pode se juntar a nós.

Tony ligou imediatamente.

— Oi, está a fim de uma viagem para Liverpool daqui a dois dias?

— Liverpool? Sim, parece ótimo. Mas… por que Liverpool?

— Tem a ver com nossas aventuras para achar o tônico. Há muita coisa sobre isso que você ainda não sabe, muita coisa aconteceu desde que você foi para a Disneylândia com a sua namorada e se desconectou do mundo. Faça as malas, a gente te conta no avião.

— Beleza. Estou ansioso para saber de tudo.

— Ele está "dentríssimo", Prince. Bom, eu diria que tenho que fazer minhas malas, mas temos viajado com tão pouco tempo entre uma viagem e outra que só vou trocar algumas roupas. Nos vemos em dois dias!

Apesar de Prince estar determinado a ir dali a dois dias, algo surgiu na sua cabeça: como ele, que sequer sabia como chegar à casa em que John Lennon passara a infância, conseguiria ir até uma árvore no quintal e cavar debaixo dela? Invasão estava fora que questão. Primeiro, porque ele não era um ladrão e segundo, porque, obviamente, o local devia ter alarmes. Todavia, sabia que a casa era um marco visitado por milhões de pessoas de todos os lugares do mundo e talvez existissem *tours* por ali. Entrou na internet e descobriu que tinha razão. Havia um *tour* que permitia entrar nas casas de infância de três Beatles. A exceção era George, já que em sua casa havia gente morando. Reservou três lugares no passeio. Acharia uma forma de chegar sozinho até a árvore. Comprou passagens da Delta para Nova York e da British Airways para Liverpool, com escala em Londres.

Mais tarde naquele dia, seus pais (agora absolutamente convencidos de que ele estava certo) perguntaram qual era seu próximo passo. Diferentemente das outras duas vezes, eles lhe deram total apoio, e Scott até ficou com inveja dele, já que ele mesmo amaria ir a Liverpool.

— Pois é, papai, eu sei disso. Mas infelizmente não vou fazer turismo. Tenho que achar a segunda máscara.

* * *

Dois dias depois, Prince, Tony e Ed estavam a bordo de um avião para Nova York. Durante o voo, os dois foram informando o amigo sobre o que acontecera em Malmö e Boston. Ele ficou maravilhado com tudo e agora mal podia esperar para chegar a Liverpool e ser também parte da aventura.

As escalas em Nova York e Londres foram rápidas, e eles pousaram no aeroporto de Liverpool, John Winston Lennon, na tarde de quinta-feira. Prince havia reservado três quartos no belo Britannia Adelphi Hotel, um daqueles hotéis que pertencem claramente a uma época que já passou, mas que conseguiram se tornar modernos sem perder a personalidade. O grande salão e o hall de entrada mostravam o quão impressionante deve ter sido em seu ápice, logo após sua construção, em 1914. Porém, ainda assim fascinava aqueles acostumados com acomodações mais modernas. O pé-direito era alto, com um lustre de vidro de design mais recente, os pilares eram de mármore, as paredes eram cobertas com painéis feitos de carvalho, havia vários candelabros e abajures espalhados pelas mesas e pequenas palmeiras em vasos.

Logo depois que fizeram o *check-in* e deixaram as malas, desceram para o lobby para sair e conhecer alguns pontos turísticos da cidade. Mas, antes de saírem, Prince pediu que subissem com ele um lance de escada do lobby para outro hall, bem aconchegante, com muitas poltronas e sofás de couro. Quando chegaram lá, indagou:

— Vocês veem algo de familiar aqui?

Ambos balançaram a cabeça negativamente.

— Lembram-se do clipe de "Free as a Bird" dos Beatles?

— Sim — ambos disseram juntos.

— Então, eu estava lendo sobre ele antes de vir para cá e descobri que é esta parte, deste hotel, que aparece nele.

— Sério? E imagino que isso não teve nada a ver com você tê-lo escolhido? — disse Ed, já sorrindo.

— Ah, não, de jeito nenhum, é só uma coincidência. Já tinha feito a reserva antes — respondeu Prince com um sorrisinho torto que valia mil palavras.

Foram para a Matthew Street para ver o novo Cavern Club e tomar uma cerveja no The Grapes (esperaram até que a mesa em que os Beatles costumavam se sentar estivesse vaga). Enquanto davam goles em suas Guinness, Tony perguntou:

— Você tem alguma ideia de como vai procurar essa máscara?

— Reservei entradas no *tour* das casas dos Beatles. Quando estivermos na do John, tentarei dar uma escapulida para o jardim e ver o que encontro perto da árvore. Provavelmente há um coração e um halo entalhados na parte de baixo do tronco ou em uma daquelas raízes que ficam na superfície em árvores antigas. Tentarei achar e cavar a terra logo abaixo. Preciso que vocês dois distraiam o guia para que eu fique lá sozinho por tempo suficiente. E mais uma coisa: terei que me ajoelhar. Se alguém perguntar, ajoelhei para rezar para o John ou algo assim.

— Logo de saída vejo dois problemas. Primeiro: como você pretende cavar? Com suas próprias mãos? Segundo: faz pelo menos uns vinte anos desde que as máscaras foram escondidas; não acha que ela pode ter se deteriorado debaixo da terra ou está tão profunda que não conseguirá encontrar? — Ed estava intrigado.

— Primeiro, eu trouxe uma pazinha de praia. Como sabia que tinha algo embaixo de árvore envolvido, imaginei que fosse ser útil. Não é muito, mas espero que seja o bastante para o que precisamos. Segundo, os caras eram cientistas. Nosso amigo galês provavelmente sabia dos efeitos de esconder algo debaixo da terra. Estou certo que ele a colocou dentro de uma caixa de metal ou algo semelhante.

— Ok, esperemos que funcione.

— Vai funcionar — disse Prince, bocejando. — Cara, estou cansado da viagem. Vamos voltar para o hotel, temos um dia cheio amanhã.

Voltaram ao hotel, apesar de Tony estar de olho numa bela garota de cabelos pretos e olhos verdes. Queria experimentar as mulheres inglesas, mas o *jet lag* era demais até para ele.

No dia seguinte, estavam no Jurys Inn Hotel, de onde o *tour* sairia às 10 horas. Era um verão leve em Liverpool, e Prince pôde colocar sua calça com dois bolsos fundos, nos quais ele poderia esconder sua pazinha de praia e a máscara que pretendia encontrar.

Independentemente do que tivessem ido fazer lá, era uma experiência maravilhosa. Enquanto a van saía, já tocando músicas dos Beatles, Prince, Ed e Tony ficaram visivelmente emocionados pelo momento. Liverpool ainda possuía um tipo de mágica da banda para quem a visitava pela primeira vez.

Para sorte deles, a primeira parada era exatamente na casa de John em "Mendips"[54]. Saíram da van, e, enquanto todo mundo tirava fotos da fachada, Prince localizou por cima do telhado a copa da árvore que procurava. Todos entraram e subiram um lance de escadas para o quarto do *beatle* e depois desceram de novo para a sala de estar e a famosa varanda onde ele e Paul gostavam de ensaiar por causa do eco.

Quando o *tour* chegou à sala de jantar, Prince viu sua oportunidade e saiu de fininho pela porta dos fundos em direção ao jardim no quintal. Andou em direção à árvore, imaginando que teria algum tempo para achar o entalhe até que alguém notasse sua ausência do grupo. Começou a circular o local, olhando atentamente para baixo. No espaço de mais ou menos um minuto, achou o que procurava em uma raiz superficial e começou a cavar a terra ao lado. Estava ajoelhado de costas para a casa, e havia começado "o trabalho" quando ouviu a voz do guia gritando com aquele sotaque diferente, típico de um habitante de Liverpool:

— Ei, você! Você não pode ir aí!

Ele não se virou.

E então ouviu a voz de Tony:

— Por favor, senhor, por favor. Ele é devoto de John Lennon e está rezando ali. Disse que a missão dele na vida era rezar para John ao pé de sua árvore. Por favor, nós viemos lá de Minneapolis, nos Estados Unidos, para isso. Só vai demorar um minuto.

Prince cavava e ria. Devoto de John Lennon foi uma sacada legal, especialmente porque gostava muito mais de Paul. O guia estava impaciente, e agora o grupo inteiro olhava para ele. Foi quando, de repente, sua pá atingiu algo duro. Começou a usar sua mão e retirou uma pequena caixa de metal da terra, assim como suspeitara. Balançou-a e ouviu um barulho. Imaginou que era o que procurava. Ainda de costas para a casa, com calma e discrição colocou a pá em um bolso e a caixa em outro, levantou, fez o sinal da cruz e voltou para o grupo, onde todos o olhavam com curiosidade. O guia o repreendeu:

---

54. "Mendips" é o nome carinhoso dado à Menlove Avenue, onde se localiza a casa de infância e adolescência de John Lennon.

— Senhor, isso foi extremamente irregular. Espero que não se repita nas próximas paradas.

— Eu sinto muito, mas tinha que fazer isso. Desde que li sobre essa árvore e tudo que ela representa, eu precisava fazer uma prece para John ali. Eu sei que seria errado, mas, pô, John não era um rebelde que nunca seguia as regras, especialmente quando vivia aqui? — Prince deu um sorriso estilo "por favor, me perdoe".

— Tudo bem, mas não faça nada semelhante de novo. Se permitirmos a todas as pessoas suas indulgências nessas casas, vai ser um pandemônio.

— Não, não, eu juro. Agora, vou me comportar como um coroinha.

Quando sentaram de volta na van, Tony e Ed estavam com expressões mais que ansiosas em seus rostos. O segundo perguntou:

— Como foi?

— Perfeito. Eu mostro para vocês no hotel, depois do almoço.

Terminaram o *tour*, Prince se comportou (exceto quando fez questão de sentar na cama de Paul McCartney, o que não era permitido), foram almoçar em um *pub* em Penny Lane e comprar alguns discos na HMV.

Depois das compras, voltaram para o Britannia e foram até o quarto de Prince. Tirou a caixa de metal do bolso direito e a abriu com facilidade. E lá estava: uma pequena máscara veneziana de porcelana decorada com pintura verde-clara e rosa. Levantou-a e disse:

— São duas, faltam três.

Eles se cumprimentaram com um *high-five* coletivo e fizeram planos para o jantar, já que voltariam para casa no dia seguinte.

Depois do jantar, Pince e Ed voltaram para seus quartos, mas o outro queria explorar a noite "liverpuldiana", já que não conseguia tirar a morena de olhos verdes de sua mente.

No fim da manhã seguinte, os outros dois estavam prontos e com as malas na calçada da entrada do hotel para ir ao aeroporto. Mas onde estava Tony? O celular só dava caixa postal, e ninguém atendia no quarto dele. Os dois amigos começaram a ficar preocupados. Depois de alguns minutos, um táxi encostou exatamente onde estavam, e de lá saiu o sumido.

— Porra, cara, onde você estava? — O responsável por toda a aventura estava irritado.

— Opa, calma. Passei a noite em outro lugar. Só vou pegar minhas coisas e fazer o *check-out*. Já falei com o motorista, ele vai nos levar ao John Winston Lennon. Conto tudo no caminho.

Assim que ele voltou, colocaram as malas no carro e entraram. Quando se acomodaram no banco de trás, Prince perguntou imediatamente:

— Pode nos esclarecer o que aconteceu?

— Sim, fui a um dos *pubs* aqui por perto e conheci uma mulher sensacional chamada Lola. Tem uns 45 anos, quase 20 anos mais velha que eu, mas gostou de mim e fui passar a noite na casa dela. Achei que dava para voltar a tempo e voltei. Ela até chamou o táxi para mim.

— Tony, trocar intimidades com coroas britânicas chamadas Lola[55] pode ser perigoso. Você se lembra da música do Kinks, não lembra? — Ed brincou.

— Sim, mas primeiro, na música do Kinks não era uma coroa e, segundo, essa aqui não era um travesti, tenho *muita* certeza disso. Pô, eu precisava aproveitar minha estadia ao máximo. Ontem à noite recebi a notícia de que consegui um emprego na GCM Construction. Começo a trabalhar na semana que vem. Não vou poder acompanhá-lo nas próximas viagens, Prince.

— Que legal! Parabéns! Tá tudo certo, Tony. Você foi um grande companheiro de viagem. Agora terei Ed até o fim do verão e quem sabe o professor Rollins. Mas te mantenho informado sobre tudo.

Haviam acabado de chegar ao aeroporto.

---

55. "Lola" música lançada pelo Kinks como single em 12 de junho de 1970. Depois faria parte do álbum *Lola Versus The Powerman and the Moneyground, Part One*. A letra conta a história de um encontro romântico entre um cara e uma mulher possivelmente trans.

CAPÍTULO 14

Quando a senhora Escovedo deixou-o em casa, era meio da tarde e seus pais ainda não haviam chegado do trabalho. Prince colocou suas coisas na sala, tomou um banho e desmontou na cama. Estava cansado. Foram muitos voos no decorrer das últimas duas semanas, e isso o desgastava demais. Seu corpo precisava de descanso.

Dormiu por 13 horas até a manhã do dia seguinte. Quando acordou, deu com seus pais tomando café.

— Opa, bem-vindo de volta. Você estava dormindo tão profundamente que não queríamos te incomodar. Deu sorte em Liverpool? — perguntou um curioso Scott.

— Sim, e obrigado por não me acordarem, eu estava esbodegado. Essas viagens de avião estão me matando. Por favor, passe minha mochila.

O pai a passou para Prince, que abriu o bolso menor e retirou de lá a máscara.

Scott e Kate se entreolharam. O sorriso de satisfação no rosto de ambos deixava claro o orgulho que sentiam dele naquele momento.

— Mãe, guarde junto com a outra. Vou ligar para o Ed e ver se ele pode vir aqui para tentarmos desvendar outra quadrinha hoje. Estou morto, mas é pelo Hugh e preciso continuar. Afinal, as coisas estão caminhando. Tem notícias dele?

— Na verdade, sim. Dei uma passada em sua casa ontem e perguntei à Samantha como estavam as coisas. Ela disse que ele está estável, mas não estão conseguindo fazer o tumor regredir.

— Só mais uma razão para continuar em frente. Ele é forte, tenho certeza que vai segurar as pontas até eu encontrar o tônico para ele. Preciso ligar para o Ed.

Desde o início de tudo, mais até que os próprios pais de Prince, que demoraram a acreditar na teoria de seu filho, Ed havia sido o mais interessado. Logo, estava totalmente disposto a ir até lá e ajudá-lo e descobrir o próximo passo.

Ao chegar à casa de Prince, Ed mostrava-se muito animado.

— Tudo bem? Nem imagino como deve estar. Eu só fiz uma das viagens e ainda me sinto um pouco pregado.

— Estou legal. Dormi treze horas de ontem para hoje, então consegui me recuperar. Pronto para solucionar mais uma? Pegue o laptop no caso de precisarmos fazer uma busca no Google.

— Tão pronto quanto você. Qual será o livro?

— Vamos tentar nosso amigo finlandês, o doutor Timo Riise, e seu livro *Abrindo os corações da natureza*. Vejamos, a quadrinha está na última página do livro:

"Da terra onde há algo de podre
Mas em um mundo descoberto pelo homem
Não é deles que estou falando
Mas das cores que os envolvem.

O sol brilha como se fosse do mar
De Vitória você pode pegar a barca
A boa esperança, escarlate e prata
Para a árvore mais alta você deve cruzar."

— Ok, o começo é fácil. "Da terra onde há algo de podre" é obviamente a Dinamarca, como escreveu Shakespeare em Hamlet. "Mas em um mundo descoberto pelo homem"... Um mundo descoberto pelo homem é provavelmente a América. Fisiograficamente, a Dinamarca tem terras na América, apesar de ninguém se lembrar. É a Groenlândia. Mas a quadrinha é clara em dizer que não está falando disso, só sobre as cores. A bandeira da Groenlândia é vermelha e branca, como a da

Dinamarca. Então, está falando sobre um país na América com as cores vermelha e branca na bandeira, ou seja, o Canadá.

Era a primeira vez de Ed desenredando quadrinhas com Prince, e sua única reação foi:

— Uau!

— Certo, vamos ver a segunda parte: "O sol brilha como se fosse do mar". O sol brilha como se fosse do mar… No Canadá? É claro, a bandeira da Colúmbia Britânica tem um sol brilhando como se nascesse do mar. Então, Canadá, Colúmbia Britânica. *Vitória* com "v" maiúsculo? É um nome próprio, não um símbolo numa bandeira. É a ilha de Vitória, de onde se pode pegar um barco para Vancouver.

— Logo, é para lá que vamos?

— Sim, é lá que está a máscara. Agora, onde? Vamos ver os últimos dois versos: "A boa esperança, escarlate e prata". Preciso descobrir alguma bandeira com escarlate e prata que tenha alguma coisa a ver com boa esperança. Caramba, agora estou encrencado. Deixe-me pensar.

— Prince pensou por "intermináveis" três minutos. Mais tempo do que ele havia gasto desvendando qualquer um dos versos anteriores em qualquer outra quadrinha.

— Certo, a bandeira de Portugal na época da expansão marítima era uma cruz escarlate e prata, e Vasco da Gama encontrou o caminho para as Índias cruzando o que é conhecido hoje como Cabo da Boa Esperança. Mas o que isso tem a ver com Vancouver?

— Talvez seja um trocadilho. O Cabo da Boa Esperança era algo como um novo caminho, uma ponte Leste-Oeste. E o último verso fala em *cruzar*. Talvez seja uma forma de dizer que procuramos uma ponte para cruzar e achar a máscara.

— Ed… Você é brilhante! Acho que está certo. Olhe no Google para ver se há uma ponte que as pessoas tradicionalmente cruzam em Vancouver.

— Certinho. Achei: Capilano Bridge, uma atração muito famosa na cidade.

— Isso, e de acordo com a quadrinha devemos cruzá-la e ir até a árvore mais alta. Espero que não signifique que vamos ter que subir nela.

— Não, no site eles dizem que você pode cruzar a ponte e do outro lado ir o mais alto possível em umas estruturas que parecem casas de árvore.

— Maravilhoso. Ed, vamos para o Canadá em dois dias, vá fazer as malas. Ainda bem que não é tão longe.

Prince comprou duas passagens da Delta Airlines e reservou dois quartos no hotel Pan Pacific. À noite, durante o jantar, contou a novidade para seus pais.

— Vou para Vancouver em dois dias. É onde está a próxima máscara. Ainda bem que não tenho que cruzar o oceano de novo, porque quando tiver as cinco terei que fazer isso para colocá-las nos ganchos em Malmö. Estou feliz que dessa vez é mais próximo.

— Vancouver? Quer que eu fale com o Bryan Adams? Já trabalhamos juntos e ele tem um estúdio lá.

— Não, pai, tá tudo bem. Seria muito legal conhecê-lo, mas sabe como têm sido minhas últimas viagens. Vamos chegar, encontrar o que procuramos e, no dia seguinte, nos mandar. Não há tempo a perder, mas obrigado de qualquer forma.

— De nada, filho, é um prazer.

— Quando tudo isso acabar, acho que vou ter milhas o suficiente para dar a volta ao mundo de graça.

Scott e Kate riram.

Dois dias depois, era bem cedo quando a namorada de Ed os deixou no aeroporto. Estavam na área de embarque, quando Prince perguntou:

— Sua namorada não fica brava com você por ficar viajando assim sem a companhia dela?

— Não, porque fomos juntos para a Disneylândia e porque contei o que estamos fazendo.

— Você *contou*? — Prince estava prestes a ter um colapso.

— Não exatamente, é claro. Quero dizer, se eu contasse sobre as máscaras e tudo mais, ela me internaria num hospício. Falei que estamos atrás de tratamentos alternativos que encontramos na internet e estão em outros países, e vamos checar para ver se podem ajudar o Hugh.

— Ah, que alívio!

* * *

O Pan Pacific é possivelmente um dos hotéis com uma das vistas mais magníficas no mundo inteiro. Assim que os hóspedes chegam e sobem a escada rolante, dão de frente com uma enorme janela de vidro, através da qual se vê o Oceano Pacífico de um azul indescritível emoldurado por uma gigantesca cadeia de montanhas com picos cobertos de neve, através de uma linda janela de vidro. Há uma fonte no meio do lobby, e pode-se sentar confortavelmente em uma das poltronas de frente para o mar e a montanha. É de tirar o fôlego.

Chegaram na hora do almoço e foram comer no The Old Spaghetti Factory, um ótimo restaurante nas proximidades.

Durante o almoço, o assunto, é claro, era o de sempre: qual o plano para o dia seguinte, quando iriam até a Capilano Bridge para achar a terceira máscara.

— De acordo com as minhas pesquisas, a van que faz a rota do Capilano Suspension Bridge Park passa bem em frente ao nosso hotel. — Prince começou a elaborar o plano. — Então, o que devemos fazer é comprar nossas entradas na recepção e esperar por ela. Chegando lá, cruzamos a ponte, subimos ao topo da árvore mais alta e procuramos a marca. Baseado nas buscas anteriores, meu palpite é que a máscara esteja no oco da árvore, coberta por um entalhe. Por isso vou levar meu canivete de novo, o mesmo que usei em Boston. Você só precisa ficar de olho caso alguém não goste de ver uma pessoa cavando um buraco ali.

— Não se preocupe, serei seus olhos e ouvidos. Prince, olha, eu não sei se é minha formação como teólogo, mas tenho que te perguntar uma coisa. Já passou pela sua cabeça encontrar este tônico e doar para algum laboratório para que eles o desenvolvam em escala industrial? Você poderia salvar não apenas o Hugh, mas a humanidade inteira de doenças. Quer dizer, se o tônico realmente fizer o que a lenda diz que faz.

— Você tá de brincadeira, Ed? Primeiro, eu não acho que Hugh tenha tanto tempo assim, temos que fazê-lo tomar esse tônico o mais rápido possível. Segundo, consegue imaginar como seria? Acha que qualquer laboratório — ou qualquer ser humano — faria isso só por caridade? Cobrariam um bilhão de dólares por uma dose. Além do mais, assim que se começasse a falar sobre algo que curaria todas as doenças, haveria uma guerra. As pessoas se matariam por isso, e eu não digo em sentido figurado. Até governos se envolveriam, tem potencial para uma guerra mundial. Não, o mundo da forma que é hoje não está pronto para algo assim. Aqueles cientistas fizeram isso acreditando que a raça humana evoluiria, o que não aconteceu, pelo menos no sentido humanitário. Tenho certeza absoluta de que eles prefeririam que salvasse a vida de alguém que valesse a pena, do que se perdesse no meio de uma guerra entre corporações ou países.

— Bem, faz mesmo muito sentido. Eu admiro seu argumento e não posso dizer que não concordo com ele. Só uma coisa: tem mesmo tão pouca fé assim na humanidade?

— Não — disse ele resoluto. — Eu tenho menos ainda.

Acabaram de jantar e voltaram ao hotel. Mais uma vez o dia seguinte seria cheio para eles.

Pegaram a van do Capilano Suspension Bridge Park e foram em direção à sua missão. Como de costume, Prince estava tenso e focado, olhando diretamente para a frente e sem falar muito. Contudo, quando eles chegaram ao local foi difícil não ficar boquiaberto. Era espantosamente lindo. Ele e Ed estavam acostumados com o maravilhoso Minnehaha Park em Minneapolis, mas esse era um concorrente à altura. Os altaneiros abetos de Douglas de 250 anos, que ficam verdes o ano inteiro, enchiam as encostas com um perfume de essência de cedro. Lá embaixo, via-se o riacho, seguindo seu curso calmamente.

Cruzaram a Capilano olhando para o regato, que daquela altura parecia um filete de água, e foi impossível não se lembrar da cena no final de *Indiana Jones e o Templo da Perdição* que acontece em uma ponte bem parecida. Havia muitos turistas, e obviamente garotos ficavam pulando sem parar na ponte pra ver se conseguiam assustar as garotas.

O fato de estar lotado de gente era bom, já que, com tantas pessoas, seria mais fácil trabalhar sem serem notados.

Quando terminaram de cruzar a ponte, Prince perguntou a um guia:

— Qual é o topo mais alto em que podemos chegar?

— É só seguir essa trilha aqui e virar à direita. É naquela estrutura ali. Se você subir até o fim, estará no lugar mais alto do parque.

— Ótimo, obrigado.

Foram ao lugar indicado e subiram. Chegaram a 33 metros de altura e começaram a olhar com cuidado para os troncos das árvores, procurando o coração e o halo. Procuraram, procuraram e procuraram. Nada. Em certo momento, Ed falou:

— Será possível que estamos errados?

— Eu acho que não, está neste parque, tenho certeza. Porém aqueles livros foram escritos no início dos anos 90. E se nós estivermos procurando em uma parte muito mais nova do que isso? Vamos descer de novo e perguntar qual era o ponto mais alto do parque lá por 1991, 1992.

E, com efeito, desceram o caminho inteiro para isso. Mas Prince achou que fazer uma pergunta assim tão direta soaria esquisito. Então, a fez de outra forma:

— Por favor, aquele local aonde acabamos de ir sempre foi o ponto mais alto que é possível chegar?

— Não, aquele é mais novo, foi construído em 2004. Antes só dava para ir até ali. — O guia apontou o dedo na direção oposta à que Prince e Ed tinham ido.

— Ainda dá para ir até lá? Queremos comparar como era e como é agora.

— Sim, claro. Há escadas e casas na árvore lá também.

— Obrigado mais uma vez.

Então foram, certos de que achariam a marca. E não demoraram muito. Estava na parte baixa do tronco da árvore principal na estrutura.

— Ok, fique de olhos abertos. Vou começar a cavoucar a madeira.

— *Roc, roc, roc.*

Em questão de minutos, alguma coisa caiu do buraco que Prince cavoucava no tronco. Uma máscara veneziana de porcelana, decorada com desenhos vermelhos e brancos.

— Veja as cores! É bem apropriado. Três já foram, faltam duas — disse um exultante Prince.

Colocou seu canivete e a máscara no bolso e voltaram para a van que os levaria até o hotel.

Uma vez acomodados, retirou o objeto de onde estava e mostrou-o ao amigo.

— Linda, não?

— Sim, tão pequena e mesmo assim escondendo um segredo tão grande por trás; é inacreditável, para falar a verdade.

Nesse momento, o filho de Scott e Kate sentiu um dedo cutucando seu ombro. Olhou para trás e viu um homem vestindo uma camisa xadrez, com ombros largos e cabelo grisalho. Usava óculos com armação de chifre, tinha um nariz adunco, olhos verdes e pálidos.

— Onde você conseguiu isso?

O jovem sentiu um frio na espinha.

— Hã, na pilha de artesanato indígena com várias coisas, lá no fundo na loja de suvenir. Comprei porque o preço estava bom mesmo.

— Que pena que eu não vi. Talvez eu ache uma na loja do Stanley Park.

— É uma boa pedida, tomara que você dê sorte por lá.

— Sim, obrigado de qualquer forma.

Quando chegaram ao Pan Pacific, as mãos de Prince suavam, e ele estava uma pilha de nervos.

— Vamos sentar um pouco no lobby. Estou tremendo, preciso me acalmar.

— O que foi?

— Como assim, o que foi? Aquele cara na van me deixou com um puta medo, achei que estava atrás da máscara.

— Como poderia? Ninguém sabe o que nós sabemos. Você só está muito cansado. São muitos voos, hotéis, preocupação com o Hugh.

— Talvez, mas tive a sensação de ser seguido em Nova York, na Suécia e em Boston. Em Liverpool eu não tive, então achei que tinham sido só meus nervos. Mas essa pessoa agora…

— Isso se chama coincidência. Ele estava mesmo interessado na peça, e não dá nem para achar isso estranho porque ela é bem bonita. Venha, vamos àquela livraria chamada Chapters, pode dar uma relaxada lá.

Saíram e começaram a andar, mas o vexilologista ainda estava tenso. Foi apenas após chegarem à loja e começarem a olhar os livros que relaxou. Comprou até uma biografia do Rush difícil de encontrar, chamada *Grace Under Pressure*.

Quando voltaram, guardou o mais novo achado no menor bolso de sua mochila, tomou um banho e deitou-se na cama. Queria tirar uma soneca antes de ir jantar no Steamworks Brewpub.

Chegando lá, pediram uma pizza de *pepperoni* e duas cervejas *ale* de produção do próprio local. Prince pediu a Red Ale, e Ed uma Pale Ale.

— Está melhor? — perguntou gentilmente o teólogo.

— Sim, muito melhor. Só estou exaurido. E ainda temos mais duas para achar e no mínimo mais uma viagem à Europa. Fico exausto só de pensar. Mas é pelo Hugh, vamos em frente.

Terminaram a refeição e voltaram ao hotel. O voo para Minneapolis sairia logo pela manhã.

CAPÍTULO 15

A namorada de Ed estava mais uma vez no aeroporto pra pegá-los. Ela perguntou se haviam encontrado algo que ajudaria Hugh e disseram que sim, mas que provavelmente não seria o bastante. Continuariam procurando por todo o mundo até que todas as possibilidades se esgotassem.

Prince voltou para casa, tomou um banho e de novo foi dormir. Descansou por algumas horas, acordou e encontrou seus pais conversando e assistindo TV antes do jantar.

— Oi, P, como foi em Vancouver?

— Ótimo, achamos outra. — Não queria nem mencionar seu medo, porque tinha certeza que os assustaria. Foi até sua mochila e entregou a máscara para sua mãe, para que ela a guardasse junto às outras.

— Vê-se no seu rosto que você está cansado. Não dá para esperar alguns dias para se recuperar antes de continuar? — perguntou uma preocupada Kate.

— Ele não tem alguns dias. Preciso fazer isso o mais rápido que puder. Estou morto de cansaço, mas não é nada perto do que Hugh está passando. Faltam mais duas, e Ed vem aqui amanhã para desvendarmos mais uma.

— Nós lhe desejamos a melhor sorte possível e continuamos rezando para que Deus te dê conhecimento e, mais do que tudo, te proteja e mantenha com saúde.

— Obrigado, tenho certeza de que Ele está comigo.

No dia seguinte à tarde, o amigo tocou a campainha. Também parecia esgotado.

— Cara, eu não sei como você está aguentando isso. Essa foi só minha segunda viagem e já estou acabado.

— Você aguenta, é só pensar no Hugh. Está pronto? Assuma sua posição no meu laptop e vamos descobrir outra. Vejamos o que a única dama do grupo tem para nós.

Prince pegou a cópia de "*O papel da natureza em nossa saúde*" da botânica francesa Francine Blanc. A quadrinha dela estava sob um diagrama do ciclo de vida do *Monilinia fructicola*. E era assim:

"Comam brioches provocou
Influência, além de idiomática, cultural
Oficioso em Warburg
Adotado por medida constitucional.

Portão medieval
E opção de lazer
Austríacos fogem escondidos
HGM para seu prazer."

— Ok, vejamos. "Comam brioches" é fácil. É uma frase de Maria Antonieta que se diz ser um dos estopins para o início da Revolução Francesa: "Se não têm pão, que comam brioches". Então, foquemos na França por enquanto. "Influência, além de idiomática, cultural". O francês era a língua mundial antes do inglês, mas uma das muitas influências da Revolução Francesa foi que vários países adotaram as bandeiras tricolores, arranjadas verticalmente, conhecidas como as tricolores revolucionárias. "Oficioso em Warburg". As reuniões no castelo de Warburg na Alemanha, nos idos do ano de 1817, usavam a bandeira tricolor da Alemanha de forma oficiosa. Mais tarde, foi readotada oficialmente pela Constituição de Weimar em 1919. Logo, uma bandeira com listras pretas, amarelas e vermelhas arranjadas verticalmente? É a da Bélgica. Onde na Bélgica? "Portão medieval"? Não faço a menor ideia do que isso possa ser. "E opção de lazer"? Menos ainda. Vamos focar nas duas últimas, para ver se nos ajudam. "Austríacos fogem escondidos". Isso não melhora muito. Sim, austríacos fugiram escondidos sob bandeiras belgas em 1789 durante a Revolução Brabantina, mas nós já sabemos que ela está falando da Bélgica. "HGM para seu prazer". O que é HGM? Tenho certeza de que conheço esse nome de algum lugar. Espera um pouco, se não estou enganado...

Prince se levantou e foi até a biblioteca da casa onde todos guardavam seus livros. Pegou uma cópia de um antigo volume sobre museus do mundo, que pertencia a sua mãe e que costumava ler quando era criança. Folheou o livro com calma até achar o que procurava. Voltou correndo para sala.

— Aqui! HGM é o Heeresgeschichtliches Museum em Viena. E aqui está um quadro famoso que está em exposição lá, que mostra austríacos fugindo de Bruxelas escondidos sob bandeiras belgas. Então, tudo isso só para nos dizer que a máscara está em Bruxelas. Agora, onde? Temos que desvendar os outros dois versos. "Portão Medieval /E opção de lazer". Bem, vamos fazer isso da maneira mais óbvia. Ed, procure no Google: "Portão Medieval + Bruxelas". Veja o que a gente consegue.

— Certo de primeira! O Halle Gate é o único portão medieval em Bruxelas que fazia parte da fortificação que cercava a cidade originalmente e é agora uma atração turística.

— Pois é. Às vezes é simples assim. Devemos ir para Bruxelas e ao Halle Gate. Vá fazer suas malas. Partimos em dois dias.

— Cruzar o oceano de novo? Não sei se aguento.

— Coragem! Pense no Hugh. Estou cansado também, mas, pô, pelo menos vamos tomar umas boas cervejas e comer uns *waffles* gostosos.

Ed riu e se levantou para sair e se aprontar.

Prince comprou duas passagens da United Airlines de Minneapolis para Bruxelas com escala em Chicago e reservou dois quartos no The Dominican, bem no centro da cidade. Depois, começou a estudar o Halle Gate *on-line*. Era como uma antiga torre medieval, portanto não seria fácil cavar um buraco em lugar nenhum; ele precisava de um plano.

O local era feito de pedra pura e dura. É claro que havia sido reformado ao longo dos anos, mas as reformas deixaram as pedras como eram no fim do século XIV, quando fora construído. Se a máscara estivesse de alguma forma dentro de uma dessas pedras, precisaria de algo para furá-la, então pensou em levar uma pequena picareta. Mas havia outro problema: com certeza não conseguiria embarcar em um avião com uma e não achava a ideia de levá-la em sua bagagem muito boa. Logo, decidiu comprar uma lá.

Durante o jantar, disse a seus pais para onde sua aventura o levaria e pediu um conselho na questão da ferramenta.

— Meu único conselho é: não faça isso. Você vai acabar sendo preso em outro país — repreendeu Scott.

— E se não tiver outro jeito? Não cheguei até aqui para desistir bem agora, por causa de um problema ridículo. Se é isso que precisa ser feito, eu vou fazer. Vou me preocupar com as consequências quando acontecerem.

Kate ficou preocupada:

— Você não trará benefício nenhum ao Hugh se estiver preso na Bélgica.

— Eu não vou ser preso. Vou dar um jeito quando estiver lá. Confiem em mim, vai ficar tudo bem. Apenas mantenham o pensamento positivo... vocês dois!

— Ligue para nós assim que conseguir a máscara e estiver a salvo no hotel, por favor! — implorou Kate.

— Eu ligo.

As passagens estavam compradas, o hotel estava reservado e o filho estava determinado. Manter o pensamento positivo e esperar o telefonema era exatamente a única coisa que Kate e Scott podiam fazer.

Dois dias depois, os amigos estavam a caminho de Bruxelas. Diferentemente das outras vezes, quando chegaram lá, apesar de cansados da viagem, Prince quis ir imediatamente ao Halle Gate. Achava que uma análise do lugar era necessária para montar o melhor plano possível.

Havia uma estação de metrô chamada Porte de Hal, que ficava quase em frente ao local que eles buscavam. Assim que saíram da estação, o vexilologista comentou:

— Esta é uma das coisas mais legais aqui na Europa. A gente acabou de sair de uma estação de metrô no centro da cidade e estamos na frente de uma torre medieval. É de ficar maluco.

— É, aqui é realmente único e ótimo. Estamos sempre pisando em história. E bem antiga. Mas, quanto ao nosso objetivo, qual a ideia agora?

— Analisar o lugar e procurar o coração e o halo. Se tivermos sorte, será em um lugar onde poderemos armar um esquema para não sermos vistos.

Entraram no local, e era realmente de encher os olhos. Após uma extensa reforma, o museu reabrira em 2008 e era lindo. Passaram por todos os três ambientes, sempre atentos e observando os detalhes, e não encontraram nada. Mas gostaram imensamente de manejar espadas e experimentar elmos medievais. O único lugar que faltava era a passarela no topo, que dava a volta toda no local e possuía uma linda vista da cidade. Prince e Ed estavam procurando nas pedras pelo símbolo, quando de repente o segundo chamou:

— Aqui. Olhe onde eu estava pisando.

A marca estava apenas a alguns passos da porta que dava para a passarela. Já haviam passado por ali, mas não tinham notado. Estava em uma das pedras no chão e não nas paredes, como esperavam. O lado bom: não era exatamente um lugar em que ninguém os veria, mas era discreto o bastante para se fazer um buraco pequeno sem chamar atenção. Agora, precisavam de uma picareta.

Voltaram ao hotel e pediram informações sobre onde poderiam comprar instrumentos de camping. A recepcionista os atendeu e explicou como chegar a uma loja de artigos para acampamento chamada A. S. Adventure.

E, realmente, acharam uma pequena picareta lá. Prince a comprou e retornaram ao The Dominican. Tudo aconteceria no dia seguinte.

Naquele momento, eles queriam apenas um bom almoço tardio para depois dormir.

Foram ao Vincent Restaurant e pediram dois filés ao ponto com batatas fritas e duas garrafas de Jupiler. É claro que, antes de a comida chegar, Ed perguntou como Prince pretendia entrar no Halle Gate com uma picareta, por menor que fosse.

— Terei que usar calça amanhã, não posso ir de bermuda. Eu coloco na minha meia, e a calça cobre. Não vi nenhum detector de metais lá, acho que não vai ser problema.

A comida havia chegado, e assim que eles provaram…

— Caramba, isso é inacreditável! Isso é uma carne do nível do Murray's. Meu Deus, como um filé pode ser tão bom? Macio, suculento, dá para cortar sem faca. E derrete na boca! — Ed estava impressionado com o sabor.

— Também estou sem palavras. Maravilhoso, simplesmente maravilhoso.

Antes de voltar ao hotel, pararam em uma barraquinha de sorvetes australianos perto da Grand Place e ambos pediram o de maracujá. A reação foi exatamente a mesma da refeição anterior. Parecia que comiam a fruta pura, tamanha a intensidade do sabor.

Depois de uma boa noite de sono, Prince acordou, colocou a picareta na meia e vestiu sua calça para cobri-la. Encontrou seu amigo no lobby e foram tomar café com maravilhosos *waffles*.

Queriam chegar a Halle Gate o mais cedo o possível, para que não houvesse muita gente lá, e praticamente abriram o lugar. Só havia eles. Desta vez, foram direto à passarela e, quando chegaram à marca do coração com o halo, Prince disse:

— Ok, Ed, não tire os olhos da porta. Vou começar a quebrar a pedra. Se for como as outras, não deve demorar muito. Meu palpite é que essa belezinha deve estar bem próxima da superfície.

Prince começou: *Pick, pick, pick*. E novamente ele estava certo. Depois de mais ou menos dois minutos, encontrou uma máscara verde com detalhes em preto.

— Vem com o papai. Já foram quatro, falta uma.

Levantou-se, fechou o buraco que fizera da melhor forma que pôde com os pedregulhos e desceram para outro ambiente, decidindo ficar mais alguns minutos no museu, só para garantir. Iriam chamar muita atenção se simplesmente entrassem e saíssem tão rápido.

No caminho de volta para o metrô, o líder da aventura estava com uma cara estranha. Ed ficou assustado.

— Qual é o problema?

— O cara por quem a gente passou na porta. Tive a estranha sensação de já tê-lo visto antes.

— Claro que viu. Nós viemos aqui ontem, lembra?

— Não, não. Foi em outro lugar completamente diferente, nem foi sequer aqui em Bruxelas.

— É só nervosismo. Estamos perto do fim, podemos mesmo salvar o Hugh, é só sua ansiedade falando.

— É, você provavelmente está certo. E talvez também seja meu cansaço por causa de todas essas viagens longas e estadias curtas. E aí, o que quer fazer depois de deixar a máscara no hotel? Voltamos para casa amanhã de manhã, então façamos algo legal. Estava pensando no museu do Hergé[56] ou no museu dos instrumentos musicais.

— Cara, eu adoraria ver as coisas do Tintim, mas dei uma olhada em um guia e é muito longe do centro. O de instrumentos musicais é bem central.

— Então é para lá mesmo que nós vamos.

Antes de irem, cumpriu sua promessa: passaram no hotel para deixar o objeto, e Prince ligou para casa para avisar seus pais que estava ok e com a missão cumprida.

Como aconteceu em todas as outras vezes, quando ele se viu com a cabeça desligada de tudo, concentrado em outra coisa, relaxou. Divertiram-se como nunca no MIM (Musée des Instruments de Musique).

---

56. O belga Georges Prosper Remi, que usava o pseudônimo de Hergé, foi o criador do personagem Tintim.

* * *

Tinham acabado de sair da alfândega no aeroporto internacional de Minneapolis-St.Paul, e Ed tentava ligar para sua namorada para pegá-los.

— Que droga! Meu telefone não está funcionando. Posso usar o seu, Prince?

— Sim, eu normalmente nem levo o meu em viagens, você sabe como eu odeio essas coisas. Desta vez levei porque teria que ligar para avisar meus pais que tinha dado tudo certo. Mas acabei nem precisando, porque usei o do quarto.

Assim que Prince ligou seu celular, ele tocou. Ele atendeu.

— Alô?

— Prince? Graças a Deus! Isso é um milagre. É o Harold. Escute o que vou dizer: não posso te dar os detalhes por aqui, mas você pode estar em perigo quando terminar sua aventura. Assim que chegar, venha para a casa dos meus pais, troque de táxis no caminho e não me ligue do seu telefone residencial, porque pode estar grampeado.

— O quê? Fazer o quê? Do que você está falando?

— Já te falei, agora não. Não discuta. Faça como eu disse e venha sozinho para cá, para a segurança de todos.

Desligou e empalideceu. Ed notou e entrou em pânico.

— Era o Harold? O que foi? É algo com o Hugh?

Não conseguia falar.

— Não… é comigo… Ele disse que posso estar em perigo… Pediu para ir à casa dos pais dele…

— Perigo? Que tipo de perigo? Deixe-me ligar para a Julie e a gente te deixa lá.

— Não, ele me disse para ir sozinho, para a segurança de todo mundo. Tenho que passar na minha casa antes. Além do mais, preciso deixar a máscara lá.

— Você está me assustando.

— Você? Imagine eu, então? Disse que o telefone da minha casa pode estar grampeado… Eu não sei o que fazer…

Ed achou que a situação pedia que alguém ficasse calmo. Podia muito bem ser ele.

— Harold trabalha para o Departamento de Estado. É uma função burocrática, mas ele tem alguma noção sobre esse tipo de coisa. Vamos só fazer o que ele disse, e vai ficar tudo bem. Me dê seu celular.

Prince olhava para o nada enquanto fazia o que o amigo lhe pedia.

Conseguiram esconder suas preocupações da jovem que foi buscá-los e, assim que chegou, Prince fez exatamente o que Harold pedira. Por sorte, seus pais não haviam chegado ainda, então não teve que dar nenhuma explicação para eles.

Deixou suas malas e saiu. Pegou um táxi. Na metade do caminho, saiu e pegou outro, na rua paralela, dois quarteirões à frente. Chegou à casa dos Porter branco como um fantasma e suando frio. Quase desmaiou. Tocou a campainha e Harold atendeu.

— Entre.

— O que é tudo isso? Estou me sentindo como Bob Woodward[57] indo encontrar o "Garganta Profunda" no final do *Todos os Homens do Presidente*, com a diferença de que ele provavelmente não estava com nem um quinto do medo que eu estou.

— Acalme-se e sente no sofá. Vou explicar para você, mas tenha certeza de que pode estar em perigo apenas quando terminar sua aventura de vez.

Prince sentou e olhou para o irmão de seu amigo sem piscar. Não conseguia entender exatamente o que acontecia.

---

57. Bob Woodward e Carl Bernstein foram os jornalistas que escancararam o escândalo de "*Watergate*". Sua principal fonte para as matérias era chamada de "Garganta Profunda" ou "*Deep Throat*" em inglês. Está tudo muito bem documentado no ótimo filme, *Todos os Homens do Presidente* (1976), baseado no livro de mesmo nome de autoria dos dois jornalistas.

CAPÍTULO 16

— O nome Alpharm te diz alguma coisa?

— Sim, quer dizer, ouvi falar em algum lugar. É uma empresa farmacêutica, não é?

— Isso. Alguns dias atrás, conversava com um amigo meu do FBI sobre o quão lucrativo é o negócio de remédios, porque contava sobre os gastos enormes do Hugh com isso, e ele mencionou que a Alpharm, por exemplo, era tão poderosa que tinha conexões com governos, igrejas, outras grandes corporações e qualquer um que pudesse ser útil para eles, uma hora ou outra. São até levemente monitorados por nossas agências de segurança, mas em geral não fazem nada errado. Porém, ele disse que as agências estavam um pouco preocupadas nesses últimos dias e tinha algo a ver com alguém descobrindo um segredo. Soube exatamente sobre o que ele falava. Estão atrás de você, Prince. Está prestes a descobrir algo que vai abalar os alicerces deles. Tem certeza de que não tem sido seguido?

— Não, não tenho. Eu falei isso para todo mundo que estava comigo e eles sempre diziam que era minha imaginação, que eu estava nervoso, ansioso, blá-blá-blá. Sabia que sim. Senti desde que deixei a Strand, em Nova York.

— Você interagiu de alguma forma com alguma dessas pessoas que te seguiram? Confrontou-os?

— Em Vancouver, um cara pediu para ver a máscara... Você não sabe nada sobre isso, mas eu te explico depois...

— Não se incomode.

— Enfim, ele disse que queria comprar uma igualzinha. Eu sabia que estava falando merda, mas não consegui descobrir o que realmente queria.

— Sim, como eu te disse, não lhe farão nada até achar o tônico. Por agora, até devem saber onde encontrar, mas não sabem como. Mas você sabe e vão esperar que ache para, aí sim, fazer algo.

— Vou receber proteção do governo para continuar?

— Não posso fazer isso. Você quer que o governo saiba que a lenda sobre um líquido que cura todas as doenças é real? Consegue imaginar o que aconteceria? Não, o que posso fazer é te guiar até a hora de ir buscar o tubo. Até lá, posso pensar em uma estratégia.

— Tem razão, eu mesmo comentei sobre isso com o Ed... Então agências de segurança sabem que a Alpharm está preocupada com algum segredo descoberto, mas não fazem a menor ideia do que seja. E se estiverem vigiando a Alpharm e chegarem a mim? E aí?

— Se não deixarmos a Alpharm chegar até você, o governo provavelmente não vai fazer nada. Monitoram o que a Alpharm está fazendo, não o que busca. Desde que consigamos encontrar o tônico sem o governo descobrir o que é, meu palpite é que ficará tudo bem. Agora, em que pé se encontram suas investigações?

— Encontrei quatro máscaras, só falta uma. Elas são um tipo de...

— Não precisa explicar.

— Tá bom. Eu conto tudo depois. Enfim, preciso desvendar a última quadrinha e descobrir onde a quinta está escondida. Nossa, você não deve estar entendendo nada...

— Já falei, não se incomode — confirmou um compreensivo Harold.

— Enfim, ia fazer isso em casa depois de uma boa noite de sono. Estou cansado demais para fazer hoje. Deus do céu, ontem eu estava em Bruxelas!

— Certo, vou te levar para casa para que descanse e comece de novo amanhã. Aja como se nada estivesse acontecendo e permanecesse tudo bem. Apenas se lembre de usar seu celular, não o telefone fixo, porque tenho certeza de que este está grampeado.

— E por que você acha que este aqui não está?

— Essa é a única coisa engraçada sobre tudo isso. Você usa tão pouco seu celular que eles provavelmente nem sabem que você tem um. Pode ligar à vontade.

— Certo. Mas como eles souberam que eu estava em Vancouver e Bruxelas? Eu não falei com ninguém ao telefone antes dessas viagens.

— Você não, mas acha que seus pais não falaram com ninguém algo como: "Ah, o Prince está em Vancouver" ou o "Prince está em Bruxelas"?

— Caramba, eu não tinha pensado nisso. Aproveitando, como está o Hugh?

— Não muito bem. Parece que há metástases em outros lugares. Na verdade, você é a única esperança dele. Vem, deixa eu te levar para casa, assim não tem que trocar de táxis de novo.

— Por que tanto segredo se você mesmo disse que eles não vão fazer nada comigo até que eu de fato tenha o tônico? — Prince perguntou enquanto ia para o carro.

— Porque queremos deixá-los no escuro o máximo possível. Provavelmente sabem de você, Ed e Tony. Só esses três estão envolvidos, certo?

— Tem o professor Rollins também, ele estava conosco em Nova York e Boston.

— Ok, e o professor Rollins. Mas eles não sabem sobre mim e provavelmente nem sobre Hugh, mas se descobrirem que há alguém que trabalha no governo envolvido, as coisas podem ficar feias. — Harold deu a partida.

— Mas se são tão poderosos assim, não acha que sabem tudo sobre mim, minha família e amigos?

— Não. Não iriam arriscar usar as conexões com pessoas importantes que têm para investigar gente tão normal. Iria levantar suspeitas, e a Alpharm quer evitar que isso caia nas mãos do governo tanto quanto você. Por isso, preciso ficar nas sombras também.

— Vai ficar nas sombras me dando carona no seu carro?

— Não tem perigo. Vou te deixar um pouco antes da sua casa. Não se preocupe comigo.

Prince ficou alguns segundos em silêncio e então disse:

— Harold, assim que eu achar o tônico, eles podem me matar, pegá-lo e já era. Não podem?

— Sim, não vou mentir, podem tentar fazer isso, apesar de ser muito arriscado. Como eu disse, sabem que o governo está sempre de olho neles, então prefeririam tomá-lo de você de forma mais pacífica. Mas não ponho minha mão no fogo que, em uma ação desesperada, não cheguem a extremos. Por isso disse que ficaria em perigo e precisa ter cuidado. Vou te deixar a dois quarteirões. Não que eu ache que estão realmente vigiando, mas só para garantir. Boa sorte. Assim que achar a outra peça, entre em contato, para que pensemos em um plano para conseguir pegar o tônico em segurança. Tchau.

Prince despediu-se e caminhou até sua casa, ao mesmo tempo cansado da viagem e com a cabeça cheia das coisas que Harold lhe contara. Precisava se acalmar, conversar com seu pai e sua mãe como se nada tivesse acontecido e depois tinha uma necessidade vital de dormir.

Chegou e encontrou seus pais surpresos por ele não estar em casa após uma viagem tão longa. Estavam um pouco preocupados.

— P, o que aconteceu? Chegamos em casa e vimos suas coisas na sala. O que o fez sair com tanta pressa?

— Ah, o Harold me ligou enquanto eu ainda estava no aeroporto e queria me ver naquela hora mesmo, para me atualizar sobre Hugh.

— Ele está bem? — perguntou Kate, preocupada.

— Não, nem um pouco. Parece que os médicos encontraram metástases, por isso não tenho muito tempo. Preciso descansar hoje, e a primeira coisa que vou fazer amanhã de manhã é ligar para o Ed.

— Coitadinho do Hugh, vamos torcer para que você esteja certo. Pode ser a única esperança dele agora.

Prince aquiesceu, pediu licença, subiu as escadas para o banheiro, tomou um banho e deitou-se para dormir, embora fosse difícil com tantas coisas na sua mente. No dia seguinte, acordou muito antes do que o normal e ligou do celular, conforme as instruções. Por sorte, Ed estava acordado.

— Prince? Caramba, que horas são? O que foi aquilo ontem? Sobre você estar em perigo?

— Eu explico tudo depois. Eu sei que é cedo, mas quando falei com o Harold ontem ele me disse que Hugh não está bem. Nós não temos tempo, precisamos resolver esse problema o mais rápido que pudermos, venha para cá agora.

— Sério? Que coisa horrível! Já estou indo.

Enquanto esperava, arriscou ligar para Tony, que com certeza não ia querer perder a última descoberta. Era cedo, talvez ele ainda estivesse em casa e pudesse vir.

— Alô?

— Oi, sou eu. Olha, o Ed está vindo aqui para decifrarmos os versos derradeiros, você pode se juntar a nós? Tenho certeza de que pode arrumar uma desculpa para chegar mais tarde no trabalho hoje.

— O pior é que eu posso mesmo, mas por que tão cedo?

— Hugh não está legal, precisamos fazer isso logo.

— Caramba, estou a caminho.

Os dois chegaram juntos, dez minutos depois da ligação.

— Entrem, já separei o último livro, *A química e a natureza*, de Stephen Parsons, e meu laptop já está a postos. Assumam suas posições.

— Sim, sim, vamos nessa! — disse um decidido Ed.

— Vejamos, a quadrinha no livro do nosso amigo doutor Parsons está aqui no fim dos agradecimentos e diz:

"Cinco estrelas britânicas na América Central
Ao mote estão sujeitas
A Ilha da Revolução
Na verdade onde as cores foram feitas.

Africanos falando português
Dentro do triângulo vermelho
Onde você achará tudo isso

Um ambiente acadêmico.
Pé na garganta dos tiranos
Um pai fundador ficaria orgulhoso
Caminhe 6 metros a partir dele
Encontre triunfo exitoso."

— Mas que merda! A última tinha que ser a mais difícil? Ok, vamos ver: "Cinco estrelas britânicas na América Central"? América Central, britânica, cinco estrelas? A única bandeira na América Central com cinco estrelas é Honduras... mas eles nunca foram da Inglaterra. Contudo, havia as Honduras Britânicas na América Central, que depois da independência se tornaram Belize. E Belize tem um mote em sua bandeira que diz: "*Sub Umbra Floreo...*".

— Eu floresço na sombra — disse Ed.

— Precisamente, procuramos pela máscara debaixo de outra árvore. Vamos ver onde. "A Ilha da Revolução" com certeza é Cuba...

— Eu não vou para porra de Cuba nenhuma! — protestou Tony.

— Acalme-se, não é isso. O resto do verso diz "Na verdade onde as cores foram feitas". É bem comum referir-se às bandeiras dos países por suas cores, e muita gente não sabe, mas a bandeira de Cuba foi confeccionada aqui nos Estados Unidos. Vamos ficar em casa desta vez.

— Graças a Deus! — exclamou Ed.

— Vamos em frente: "Africanos falando português". Podem ser alguns países. "Dentro do triângulo vermelho". É Moçambique, eles falam português lá. No triângulo vermelho da bandeira de Moçambique, há uma estrela amarela, um livro, uma enxada e um rifle. "Onde você achará tudo isso/ Um ambiente acadêmico". Ok, a estrela amarela pode não significar nada, ou talvez seja um prêmio, uma estrela dourada. Uma enxada significa trabalho, um livro significa estudo e um rifle significa luta. O que é um ambiente acadêmico que traz à mente: prêmio, trabalho, luta e estudo?

— Uma universidade? — perguntou Ed titubeante.

— Sim. Até agora, procuramos uma árvore em uma universidade americana. Vamos ver o resto. "Pé na garganta de tiranos". Essa é fácil. É a bandeira da Virginia. Há um cara pisando na garganta de outro com o mote "*Sic semper tyrannis*" ou...

— Isto sempre aos tiranos — completou Ed.

— Certo, então é numa universidade na Virginia. "Um pai fundador ficaria orgulhoso". Qual dos pais fundadores instituiu uma universidade na Virginia?

— Thomas Jefferson. A própria Universidade de Virginia — respondeu Tony.

— Exato. Então a máscara está sob uma árvore lá. Qual? "Caminhe 6 metros a partir dele". A partir dele é provavelmente a estátua de Jefferson. Então, a máscara está sob uma árvore, a 6 metros da estátua de Thomas Jefferson, na Universidade de Virginia.

Os outros dois estavam estonteados, como sempre.

— Prince, tomara que alguém doe seu cérebro para ser estudado quando você morrer. É sério.

— Valeu, Tony. Vocês foram muito bem, também. Então, agora que já sabemos onde é, vamos amanhã, não há tempo a perder. Vou ligar para o professor Rollins e ver se ele quer nos acompanhar para encontrar a última máscara.

Pegou seu celular para ligar.

— Está ligando do seu celular? — perguntou um intrigado Ed.

— Sim, eu explico depois. Professor? Oi, é o Prince. Tudo bem?

— Prince! Um prazer falar com você. Como estão as coisas?

— Tudo certo. Quer vir conosco e achar a última amanhã?

— Meu Deus! Está perto assim? Maravilha! É claro que quero ir. Onde é? Tenho que checar se posso.

— Na verdade, é mais próximo de você do que de nós. É na Universidade de Virginia.

— Ok, que horas estarão lá?

— Não sei exatamente, mas com certeza será à tarde. Eu te mantenho informado. Tchau.

— Ok, tchau.

Desligou, virou-se para seus amigos e contou tudo o que Harold havia lhe dito sobre a Alpharm e seu telefone grampeado. Tony e Ed ficaram assustados.

— Peraí, não fiquem tão amedrontados. Ele me garantiu que vão me deixar achar as máscaras. Depois, deixem que eu e ele cuidemos disso. Por enquanto, vamos comprar nossas passagens para Charlottesville e achar um hotel. Provavelmente teremos que alugar um carro também. Vou fazer a compra e a reserva no computador do quarto, usem meu laptop para o aluguel.

Prince comprou três passagens da United Airlines para Richmond com escala em Washington D.C. De Richmond, iriam por terra para Charlottesville. Depois, reservou três quartos no Hilton Garden Inn e ligou para o professor Rollins para passar os detalhes. Concordaram em se encontrar no hotel às 15 horas, antes de irem para a universidade.

Tony escolheu alugar um Chevrolet Spark por 35 dólares por dia, e tudo estava pronto. As passagens eram para o primeiro voo no dia seguinte, então teriam que sair para o aeroporto ao amanhecer. Pelo menos Prince e Ed não tinham que fazer as malas de novo, já que haviam acabado de chegar da Bélgica.

A única coisa que o primeiro se lembrou foi de pegar sua pazinha para cavar ao pé da árvore.

Quando os pais de Prince voltaram do trabalho, contou para onde sua busca o levaria.

— Lugar histórico, P. Como se sente?

— Estou morto. Me sinto como um jogador profissional de beisebol, com todos esses aviões e quartos de hotel, com a diferença que estou gastando dinheiro, e não ganhando. Mas estamos chegando muito, muito perto do fim. É mais essa, de volta para a Suécia e acabou. Tomara que a tempo de salvar o Hugh. Ah, e aproveitando: nada de comentar sobre para onde eu vou com ninguém, por favor. Especialmente pelo telefone.

— O quê? Por quê? — É claro que Kate achou estranho e ficou assustada ao mesmo tempo.

— Olha, eu estou muito cansado e não tenho tempo para explicar. Conto tudo para vocês depois. Só confiem em mim nesse assunto, ok?

Kate e Scott acenaram positivamente com a cabeça, mas seus rostos estavam repletos de preocupação.

CAPÍTULO 17

No dia seguinte às 5h30, Ed tocou a buzina na frente da casa de Prince, com o outro amigo já no carro. Dessa vez, não era sua namorada que estava dirigindo.

— Fala! Você vai deixar o carro estacionado no aeroporto?

— Vou. Achei que acordar a Julie tão cedo já seria demais. Só dois dias não tem problema.

— Prince — disse Tony —, eu estava pensando no que nos contou ontem. Tem certeza de que não está se envolvendo em algo bastante perigoso? Não só você, mas nós também.

— Não, não tenho. Mas confio no raciocínio de Harold sobre eles não fazerem nada até que eu pegue de fato o tônico. E, até lá, tenho que continuar pensando em uma solução para quando algo realmente acontecer, não tem outro jeito.

Chegaram ao aeroporto. Ed deixou-os e foi estacionar, enquanto colocavam as malas para dentro do terminal.

Os voos, tanto para Washington como para Richmond, foram tranquilos. Prince estava tão cansado que dormiu o percurso inteiro em ambos, a despeito da tensão, da ansiedade e de não ser do tipo que dormia em aviões.

Pegaram o carro e foram para o hotel. Ninguém aguentava mais tanta viagem e locomoção de um lado para outro, então decidiram almoçar ali mesmo, descansar e daí esperar pela chegada do professor Rollins para irem até a universidade.

Os três estavam no lobby às 15 horas, mas ele chegou atrasado, às 15h30. Explicou que sua escala em Washington D.C. atrasara um pouco. Também havia alugado um carro e estava hospedado no Comfort Inn, em Monticello.

Decidiram ir até a universidade no automóvel dele, porque, como estava estacionado do lado de fora, já estava mais fácil.

Quando chegaram à universidade, ficaram embasbacados pela beleza. O famoso *The Lawn*[58] exibia o Old Cabell Hall[59] no lado sul, e dos lados leste e oeste havia dez pavilhões onde, nos dois andares de cima, vivia o corpo docente. Do lado oposto a eles havia dez jardins, com um detalhe: cada um era diferente do outro.

Mas, é claro, a grande estrela da universidade era The Rotunda no lado norte. Projetada pelo próprio Thomas Jefferson e inspirada no Panteão de Roma, é vista como um símbolo da crença de Jefferson na separação entre igreja e educação, já que toda a universidade fora construída ao redor dela, e abrigava a biblioteca universitária. Normalmente, essas instituições eram erguidas rodeando uma igreja.

E atrás dela estava a estátua do fundador, que os levaria até a máscara. Havia várias árvores a 6 metros dali e em várias direções. Eles se separaram para procurar pela marca em algumas delas.

Depois de uns vinte minutos, Tony gritou:

— Aqui! Todos venham aqui!

Os outros três correram na direção dele. Havia encontrado o coração e o halo entalhados na raiz superficial de uma, um entalhe muito similar àquele da árvore de John Lennon em Liverpool. Prince chegou lá, ajoelhou-se e começou a cavar. Enquanto trabalhava, disse:

— Pelo menos aqui não temos que nos preocupar por estar fazendo algo errado. Só estamos cavando a terra em um lugar em que ninguém está prestando atenção. E vejam só esses beijinhos aqui. Vocês sabem qual outro nome essas florezinhas têm, se traduzido do português falado no Brasil?

— É claro que não — respondeu o professor Rollins.

— Maria-sem-vergonha.

Todos riram.

— Não sabia que você falava português — disse Ed.

---

58. "*The Lawn*" é o gramado onde estão todos os prédios da Universidade de Virginia.
59. "Old Cabell Hall" é o auditório para performances musicais da universidade.

— Eu não falo. Meu pai trabalhou com alguns percussionistas brasileiros, e um deles foi até a nossa casa em Nova Orleans. Nós tínhamos um vaso de beijinhos, ele contou pra gente e nunca mais esqueci. Achei o nome muito engraçado. E então... Isso, aí está você, a última.

Assim como a máscara em Liverpool, estava em uma caixinha de metal. Prince abriu a tampa e lá estava: azul com detalhes em laranja, o último pedaço do quebra-cabeça.

Colocou-a em seu bolso e voltaram ao hotel. Dessa vez, não achou que estava sendo seguido em nenhum momento. Seus pais provavelmente seguiram seu conselho.

Chegando ao hotel, ninguém queria sair, então ficaram na piscina. Durante o jantar, o professor Rollins, que permanecera ali para passar mais tempo com eles, perguntou:

— Quando voltará à Suécia para colocar um fim nisso?

— Depois de amanhã, o mais rápido possível. O Hugh precisa disso.

— Só me avise, pois quero ir com você.

— Desculpe, mas não dá. Essa parte é um pouco perigosa, e não posso correr o risco com alguém junto. Ir acompanhado vai deixar a proteção mais difícil, tenho que ir sozinho.

— Perigoso? Proteção? Do que está falando?

Tony e Ed estavam quietos. Prince explicou toda a história a Rollins, que estava boquiaberto quando ele terminou.

— E é por isso que tenho que ir sozinho. Assim que chegarmos a Minneapolis eu vou falar com o Harold e ver o que a gente consegue bolar.

— Prince, tenho certeza de que falo em nome de todos agora, se há uma minúscula possibilidade de qualquer um de nós ajudar de alguma forma... — disse Rollins.

— Eu sei e agradeço. Se houver uma possibilidade, eu aviso, mas esperem sentados. A única coisa que eu peço para o senhor é: quando eu voltar da Suécia, eu o quero em Minneapolis, junto com todos, para testemunharem Hugh tomando o tônico. Você pode ir?

— É claro. Assim que eu voltar para Boston, compro minha passagem. Pode contar comigo.

Após a refeição, o professor Rollins voltou para seu hotel. Prince foi para seu quarto e ligou para Harold do seu celular. Já podiam começar a planejar o próximo passo.

— Harold, estou com a máscara. Você tem alguma ideia?

— Ótimo. Ouça: assim que voltar, passe aqui. Ainda não tenho nada definitivo, mas tenho um plano. Acha que foi seguido dessa vez?

— Não, não acho, mas avisei a meus pais para não mencionarem nada ao telefone para ninguém.

— Legal, mas tenha certeza de que estão esperando seu retorno para a Suécia, o que significa que devemos ter cuidado quando for hora de ir para lá. De qualquer forma, dê uma passadinha aqui assim que chegar. Não se incomode com alguém vigiando agora, porque o que queriam saber, eles já sabem. Te vejo amanhã.

De manhã cedo, no dia seguinte, voltaram para Minneapolis. Prince pediu a Ed para dar uma passadinha na sua casa, esperar um pouco enquanto deixava as coisas e depois levá-lo até a casa dos Porter. Achou que seria interessante se ele e Tony também ouvissem o que Harold planejava. E, se não precisava se preocupar com vigilância, significava que era seguro que eles fossem também.

Chegaram e tocaram a campainha. O irmão de Hugh atendeu.

— Fala! Ótimo, você trouxe todo mundo. Será bom saberem também. Por favor, entrem.

Os três entraram e ele pediu para que se sentassem à mesa.

— Bom, Prince, é o seguinte: a última coisa que qualquer agência federal quer é se envolver em algo tão maluco quanto essa história. Logo, não posso usar meus contatos para garantir nenhuma proteção formal. Mas tenha certeza de que estará seguro.

— Esse é o plano?

— Exatamente. Só faça as coisas do modo mais natural que puder e esqueça que está em perigo. Estamos lidando com pessoas acostumadas a serem vigiadas. Quanto mais elas acharem que você está só, melhor.

— Vai me dar um colete à prova de balas, pelo menos?

— Não vai precisar de um. Não terão tempo de atirar em você, te dou minha palavra. Eu mexi uns pauzinhos e sei que estará seguro, só que não da forma habitual.

— Não pode pelo menos me contar como será essa forma diferente da habitual?

— Não, quanto menos souber, melhor. Não pode agir como se estivesse sendo protegido, será um risco ainda maior se descobrirem. Terá que ir se sentindo absolutamente vulnerável, mesmo que isso signifique sentir um pouco de medo. Mas não há perigo, acredite em mim. Aproveitando, seu telefone foi "desgrampeado". Conversei com um amigo meu da empresa de telefonia e ele mesmo fez o serviço. Nem precisei explicar por que estava grampeado, ele sabe que trabalho para o governo.

Tony e Ed apenas ouviam a conversa. Prince finalmente desistiu de pedir proteção e aceitou os termos para a última parte de sua aventura. Tinha que fazer isso de qualquer jeito.

— Vamos comprar sua passagem para amanhã à noite — Harold continuou —, e, bem, isso vai te desgastar muito, mas terá que voltar no mesmo dia. Fazer um bate-volta na Suécia.

— Eu sei. Hugh precisa disso o quanto antes. Vou me sacrificar com um sorriso no rosto.

— Mais uma coisa: apesar de ser uma viagem de um dia, tem que levar bagagem, para não levantar suspeitas. Assim que chegar à estação em Malmö, deixe a mala em um guarda-volumes.

— Ok, sem problemas.

— Maravilhoso, Prince. Eu, meu pai, minha mãe e obviamente meu irmão não temos palavras para agradecer o que está fazendo e nunca poderemos recompensá-lo com o real valor disso.

— Ainda não acabou...

— Mas vai acabar e terá um final feliz. Confie em mim. Eu te pego amanhã na sua casa. Agora vai, você precisa descansar.

Quando saíram da casa dos Porter, Tony e Ed estavam mudos. Finalmente, o primeiro falou com voz embargada:

— Prince, estou com muito medo por você. Tem certeza de que isso vai funcionar?

— Sim, tenho. Não se preocupe. Tudo vai dar certo.

— Bem, tudo o que podemos fazer é ficar aqui, rezar e mandar pensamentos positivos para você.

— E eu sei que farão isso, o que me dá ainda mais confiança.

Os amigos o deixaram em casa e, quando entrou, seus pais já estavam lá. Agora eles estavam sempre ansiosos para saber o que havia acontecido.

— P, como foi na Virginia?

— Ótimo, achei a última. — Ele foi até sua mochila, que estava na sala, e tirou a última máscara do bolso menor. — Mãe, traga as outras que estão escondidas e vamos colocá-las juntas em uma bolsinha. Vou para a Suécia amanhã para terminar isso.

Kate foi até o quarto do casal e trouxe as outras quatro máscaras, já em um lindo saquinho de bijuterias cor de vinho com um laço azul. Ele colocou a máscara lá. Ela perguntou:

— Desculpe, querido, mas temos que perguntar: por que tudo aquilo sobre falar no telefone? Estamos preocupados.

Prince respirou fundo e falou:

— Olha, é um pouco complicado e, por favor, não enlouqueçam por causa disso. Harold disse que nosso telefone poderia estar grampeado, mas ele fez uma investigação por conta própria e concluiu que não estava. Logo, podem falar sobre qualquer coisa nele de novo.

— Por que Harold achou uma coisa dessas? — perguntou Scott.

— Porque eu tenho viajado muito para o exterior e isso pode suscitar suspeitas em algumas agências do governo e blá-blá-blá. Mas, calma, foi só um cuidado que ele quis tomar, não aconteceu nada. Ele está com a cabeça cheia por causa dessa situação com o irmão dele. Vocês dois fiquem tranquilos, tudo está bem. Preciso dormir, pois tenho outro longo voo amanhã. Tomara que seja o último. Por sorte, ainda tenho coroas que sobraram da primeira viagem.

Obviamente não queria contar a história inteira para seus pais. Eles ficariam malucos e tentariam qualquer coisa para protegê-lo na próxima viagem. E isso poderia colocar em risco toda a missão. Não deixaria nada impedi-lo, agora que estava tão próximo.

As horas até o momento de ir ao aeroporto passaram extremamente devagar. Apesar de cansado, dormiu mal. Estava tenso e ansioso, mas também confiante. Já fazia mais de dois meses desde que tudo isso começara e não via a hora de acabar, salvar o amigo e descansar de verdade no que restava de suas férias.

Quando acordou no dia seguinte, seus pais haviam lhe deixado um longo bilhete em cima da mesa da copa, desejando-lhe boa sorte. Harold buzinou na frente de sua casa e foram juntos para o aeroporto. Quando o deixou, disse:

— Boa sorte e fique calmo, você está protegido.

Prince foi até o JFK e de lá para Copenhague. Não conseguia dormir, mas deu um jeito de ouvir um pouco de música em seu *iPod*. Ficava cada vez mais tenso, checou seu bolso umas trezentas vezes para ver se o saquinho com as máscaras continuava ali. Apesar de não ter tomado café e da duração do voo, estava tão tenso que não conseguiu comer nada, em nenhum momento. Só tomou Coca-Cola, para ver se relaxava.

Chegou à Dinamarca e pegou o trem para Malmö. Lá, deixou sua bagagem em um *locker* e foi para a igreja. O dia estava limpo, e um lindo sol brilhava no céu.

O local estava aberto e vazio, mas assim que entrou se viu cara a cara com o padre Ljung. Não havia pensado nisso. Como iria fazer para entrar na sacristia sem alguém para distraí-lo? E então, pela primeira vez desde que toda essa loucura começou, contou a verdade. Ou metade dela.

— Padre, lembra-se de mim? Estive aqui mais ou menos um mês atrás com um amigo meu, sou americano.

— Claro que me lembro. Muito bom tê-lo de volta depois de tão pouco tempo. Onde está seu colega?

— Não pôde vir desta vez. Ouça: eu tenho razões para acreditar que essa igreja abriga um grande tesouro. E eu tenho as chaves para abrir o local em que está guardado. O senhor se importaria de me levar até a sacristia?

— Meu filho, isso é incrível. É claro que eu o levo.

Prince se alegrou com a solicitude do padre. Entrou, foi até a pintura da *Pietà* e a retirou da parede. Os cinco ganchinhos estavam lá. Ele começou a colocar as máscaras neles, uma por uma, vagarosamente. Enquanto isso, o padre Ljung foi até a mesa do outro lado do cômodo e abriu uma gaveta. Quando Prince colocou a última máscara no lugar, ouviu um barulho de engrenagens se movendo sob seus pés. O chão se afastou um pouco da parede, e uma abertura muito pequena apareceu. Com todo o seu corpo trêmulo, conseguiu se ajoelhar e estender a mão até ela e… ali estava. Um tubo de ensaio com um líquido azul dentro, fechado com uma rolha: o tônico!

Assim que se levantou com o tônico em mãos, ouviu Ljung dizer:

— Não se mexa!

Sentiu o cano da arma em suas costas.

— Eles me disseram que você viria um dia desses. Acha que eu não notei, da última vez que esteve aqui com o outro? Sempre me perguntei sobre esses ganchos. Quando o vi entrando sorrateiramente aqui, eu deixei. Havia recebido uma ligação dizendo que alguém comprara livros com o potencial de destruir a religião, então toda a Igreja deveria ficar atenta. Depois que veio aqui e foi xeretar na sacristia, sabia que era você e era algo relacionado ao que havia atrás desse quadro. Tinha certeza que voltaria. Me dê esse tubo.

De forma surpreendente, Prince ficou calmo e começou a conversar com o padre.

— O senhor sabe qual é a mágica real disso aqui?

— Sim, saber que existe algo que cura todas as doenças levaria as pessoas para longe da Igreja. Isso é terrível.

— Padre, isso foi criado por homens abençoados. Abençoados por Deus.

— Não, isto foi criado por homens que queriam ser Deus, é diferente.

— Se você der esse tubo para aqueles com quem falou, usarão para explorar os outros cobrando fortunas. Sem dizer que pode começar uma guerra.

— Eu não me importo. Isso é uma profanação, homens tentando fazer milagres. Agora, cale a boca e passe o tubo.

— Não, você terá que atirar em mim aqui e agora. E se ainda tem alguma fé no seu coração, não iria querer me matar dentro da igreja.

— Não me provoque, eu seria perdoado por matar em nome de Deus — disse ele, pressionando a arma ainda mais nas costas de Prince e soltando a trava.

Assim que o padre acabou de falar, tudo o que Prince ouviu foi um tiro. Quando se virou, o padre Ljung estava no chão, com uma bala em sua têmpora direita, seu crânio aberto e uma poça de sangue ao seu lado. Alguém entrou. E Prince quase gritou, surpreso:

— Senhor Porter! Então é por isso que Harold tinha certeza que eu estaria a salvo!

— É claro! Você acha que um velho fuzileiro naval como eu, com um filho que trabalha para o governo, não conseguiria arrumar uma maneira que me permitisse proteger a única coisa que pode salvar meu caçula? Mas precisávamos que fosse natural, como você foi, para que achassem que estava indefeso. Obrigado. Agora, feche a abertura onde estava o tubo, pegue as máscaras, coloque o quadro no lugar e vamos dar o fora daqui.

Prince obedeceu.

— Obrigado, o senhor salvou minha vida! E quanto ao corpo, ou quando acharem a bala? E o que vamos fazer com a arma?

Mike Porter desmontou a arma na frente dele.

— Sobre a bala, será rastreada até uma espingarda adquirida na Islândia de um comprador com nome e endereços falsos em Kiev, na Ucrânia. Estamos a salvo. Vamos logo, a polícia vai chegar daqui a pouco. Eles que se virem com o corpo.

Saíram da igreja e o ex-fuzileiro naval começou a jogar pedaços da arma em cada lata de lixo que via. Chegaram à estação de trem, e naturalmente Mike também tinha um *locker*. Cada um foi até o seu para pegar seus pertences. O pai de Harold e Hugh tinha até um pequeno rolo de plástico-bolha em seu bolso, que ele entregou ao garoto.

— Pegue, você não pode embarcar com essa quantidade de líquido. Ficaria preso pela segurança do aeroporto. Embrulhe o tubo e coloque na sua bagagem.

Foi o que ele fez. E, então, pegaram as malas e foram para Copenhague. Enquanto isso, o senhor Porter ligou para o filho mais velho.

— Estamos com o pacote.

— Ok, maravilha.

O voo de volta foi muito mais relaxado do que o de ida. Prince conseguiu dormir, apesar da questão que permanecia: será que o tônico funcionaria mesmo?

Harold esperava por eles no aeroporto de Minneapolis. Deu um abraço no amigo e em seu pai e perguntou:

— Problemas?

— Um pouco — disse Mike —, mas me encarreguei deles.

Foram direto para o hospital onde Tony, Ed, o professor Rollins e a senhora Porter estavam esperando no quarto de Hugh. A ansiedade de todos era palpável. Prince os encarou com lágrimas nos olhos. Então o pai e o irmão de Hugh, com as mãos trêmulas, tiraram a rolha, levaram o tubo até sua boca e o fizeram tomar todo o líquido. Ele fez uma careta — não devia ter exatamente gosto de suco de romã —, mas a transformação foi imediata. Seu cabelo cresceu, seus músculos voltaram a aparecer sob a pele, sua cor voltou. As sete pessoas ao redor da cama ficaram em estado de choque por mais de trinta segundos. Ninguém conseguia acreditar no que via. Todos os catorze olhos se encheram de lágrimas e os seis foram imediatamente abraçar Prince, que estava de joelhos, soluçando de tanto chorar, tamanha a emoção. Hugh começou a rir sem parar, meio sem entender direito o que tinha acontecido. Enquanto isso, a TV do quarto, sintonizada na CNN, noticiava a descoberta do corpo de um padre em uma igreja sueca com um tiro na cabeça. A polícia não tinha a menor ideia do que podia ter acontecido. Harold chamou o médico.

Quando ele viu Hugh, não acreditava em seus olhos. O irmão mais velho pediu um exame completo para checar como estava o mais novo. O doutor concordou.

Quando voltou com os resultados, após algumas horas, continuava incrédulo:

— Eu nunca vi nada assim em toda a minha vida. Quer dizer, são notícias maravilhosas. Seu tumor se foi por completo, todas as metástases sumiram, está novo em folha. Pode ir para casa, está liberado. Não sei o que aconteceu, parece um milagre de verdade. As preces de vocês devem ser muito fortes.

— Obrigado, doutor — disse Harold.

Esperaram alguns minutos enquanto Hugh trocava de roupa. Quando saiu do quarto, estava como há dois meses, cem por cento saudável. Correu na direção de Prince e lhe deu um abraço fraterno e forte. Na verdade, levantou-o do chão.

— Obrigado cara, obrigado! Eu não sei o que dizer a não ser obrigado.

Todos foram novamente abraçar Prince: o professor Rollins, Tony, Ed, o senhor e a senhora Porter. Ninguém conseguia parar de chorar. O professor falou:

— Estou tão orgulhoso de você. Eu sempre soube que alcançaria grandes coisas, só não sabia que iam ser nesse nível de grandeza.

Prince chorava como um bebê.

— Obrigado, pessoal, eu que agradeço, mas agora preciso dar uma descansada. Quero ficar em casa por mais de dois dias.

— Que tal relaxar com uma viagem para a Escandinávia? — perguntou Tony.

Todo mundo riu.

* * *

O dia havia começado quente, mas no momento caía uma tempestade. Harold fez questão de levar Prince para casa. Todavia, dois quarteirões antes, o caronista pediu para que parasse o carro.

— Está caindo uma chuvarada e você não está mais sendo vigiado, não precisa se preocupar.

— Eu sei, mas ainda estou um pouco nervoso. Preciso da chuva para me ajudar a relaxar.

— Tudo bem, então. Obrigado de novo. Temos uma dívida eterna com você. Eu, meu irmão e minha família.

— Não, não têm. Foi cansativo e no fim um pouco perigoso, mas foi uma aventura que valeu uma vida inteira e que eu nunca mais vou esquecer. Estou feliz porque pude ajudar um grande amigo. — Despediu-se.

Assim que desceu do carro, a chuva diminuiu. A um quarteirão de sua casa, parou totalmente e respirou fundo. O cheiro do chão recentemente molhado encheu suas narinas. Continuou caminhando até chegar. abriu a porta de casa e encontrou seus pais esperando por ele.

— Como foi? — perguntou Scott apressadamente.

— Maravilhoso. O efeito do tônico foi inacreditável, ele voltou ao normal instantaneamente. Parecia coisa de filme, nem tenho como descrever direito. Uma pena não estarem lá para ver. Já até saiu do hospital. Quer ficar com sua família hoje, mas amanhã já fizemos planos para ir ao Brit's para celebrar.

— Sensacional! E na Suécia, foi tudo tranquilo? Estou perguntando porque acabamos de ver a notícia de um padre assassinado numa igreja em Malmö. Suspeitam de terrorismo.

Apesar de cansado, Prince estava com o cérebro afiado, logo pensou rápido numa resposta.

— Ah, então foi isso? Quando saí, vi vários carros de polícia e ouvi muitas sirenes. Deve ter sido em outra catedral. Nossa, que sorte a minha! Acho que os pensamentos positivos de todos me protegeram!

— Obviamente, não iria contar aos seus pais a verdade. Pelo menos não hoje. Talvez algum outro dia, daqui a alguns anos.

Kate correu até ele.

— Estamos tão orgulhosos! Muitas desculpas por não termos acreditado em você no começo.

— Está tudo bem. Eu também não estava cem por cento convicto. — Pegou o saquinho com as máscaras. — Aqui, guarde-as em algum lugar para termos de recordação.

— P, vamos comemorar. Quando comecei a ter certeza que você chegaria ao fundo disso, comprei algo para celebrar quando acabasse. — Scott foi até a geladeira, trouxe uma garrafa de champanhe Bollinger e ligou o som.

Serviu um copo para cada um deles e brindaram a Prince e Hugh. Ao fundo, Allen Toussaint tocava "Southern Nights".

Carlo Antico
01 de novembro de 2016
18h33

NOTA DO AUTOR

Cinco máscaras é, obviamente, uma obra de ficção. Porém, todos os locais públicos descritos no livro (restaurantes, bares, museus, igrejas, parques, livrarias, casas, hotéis e lojas de disco) são reais. As únicas exceções são o escritório do Guthrie Theater, que eu mesmo criei, e a livraria Chapters no centro de Vancouver, que não existe mais, mas existia no tempo em que se passa a história. Tomei algumas liberdades com as fotos na parede do Murray's em Minneapolis, mas tenho certeza sobre a foto de Gene Simmons. Não é de hoje que existem vários estúdios em Nova Orleans, apenas não senti necessidade de especificar um para a sessão de gravação de Scott com Allen Toussaint. Existe, sim, um Departamento de Estado Americano com equipe local para apoio de política externa na cidade de Minneapolis. Os dados esportivos, as informações e curiosidades musicais também foram verificados e são precisos. Imagino que muitas pessoas familiarizadas consideraram desnecessárias as notas explicativas sobre as referências esportivas. Mas tive que pensar em todos aqueles que não fazem a menor ideia do que é um *touchdown* ou um *home-run*, quanto mais um *onside kick* ou uma *foul ball*. Os esportes americanos vêm crescendo muito no Brasil com o passar dos anos, porém ainda não podemos pressupor que a maioria tenha total conhecimento sobre eles.

Não sou um fã de Hüsker Dü ou Bob Mould, mas achei que seriam perfeitos para a história, uma vez que pensei que seria exagerado usar músicos muito famosos como o próprio Prince ou Bob Dylan, ou muito desconhecidos, como The Jayhawks, por exemplo. Mould era o meio-termo exato. Não faço a menor ideia se algum dia o baterista da banda solo dele gravou alguma coisa em Nova Orleans.

Sociedades secretas realmente existiram na Europa entre os séculos XVIII e XIX, e todas as informações presentes aqui são reais e obtidas através de pesquisa sobre o tema. Aproveitei várias histórias de sociedades diferentes para criar a minha. A principal fonte foi o livro *A Mitologia das Sociedades Secretas* de J. M. Roberts, da editora Madras.

A espionagem do FBI e do governo Nixon a grupos que se organizavam contra a Guerra do Vietnã é bem documentada. Apenas arrumei uma forma de colocá-la dentro do contexto da história. Quem se interessar pelo tema, pode ler o excelente livro (infelizmente não lançado no Brasil) *The Burglary: The Discovery of J.Edgar Hoover's Secret FBI* de Betty Medsger da editora Alfred A. Knopf.

A história secreta da medicina contida no livro do doutor Paharishi, assim como seu autor, é produto único e exclusivo da minha imaginação. *Todos* os cientistas e seus livros foram criados por mim. Também não existe nenhuma empresa farmacêutica com o nome de Alpharm.

Desde criança, sempre fui um apaixonado por bandeiras do mundo e, como não é algo muito comum, achei que poderia usar isso para escrever uma história. Essa é a razão de ter feito o personagem principal ter a mesma paixão. O livro que Kate ganha de Scott não existe, mas *The World of Flags* de William Crawford, sim, e foi muito usado para as pesquisas que possibilitaram a criação das quadrinhas.

A Sociedade Americana de Vexilologia também existe (assim como várias outras sobre o assunto) e possui *website* e publicações.

A trama se desenvolve em sua maior parte nos Estados Unidos, com personagens americanos e referências à cultura e à história deles por uma razão muito simples: *Cinco máscaras* foi escrito por mim mesmo, originalmente em inglês, com o título de *Five masks*.

Já tenho um livro de contos chamado *Straight and Lethal* publicado nos Estados Unidos pelo sistema de *self-publishing* com a SBPRA, que inclusive ganhou o *Pinnacle Awards* de 2014 (uma premiação do estado do Oregon) em sua categoria. Logo, achei que seria interessante escrever um romance também.

Porém, desta vez quis tentar a publicação tradicional. Mas, como qualquer escritor em início de carreira vai lhes dizer, não é fácil conseguir um contrato com uma editora grande ou mesmo com um agente.

Assim, o raciocínio foi o seguinte: vou traduzir para o português, tentar lançar aqui e depois lanço novamente de forma independente nos Estados Unidos e tenho a oportunidade em dois mercados. Tenho planos para o lançamento de *Five masks*, mas ainda sem data definitiva.

Só não conheço dois locais entre os descritos no livro: um é o campus da Universidade de Virgínia. Para essa parte, precisei fazer uma pesquisa *on-line*, mas a ideia veio de um ótimo documentário sobre Thomas Jefferson feito pelo genial Ken Burns. O outro é a cidade de Tromso na Noruega e a catedral do Ártico. Porém, dado o contexto da história, não achei que uma descrição muito detalhada fosse necessária.

O leitor mais atento notou que o personagem principal, Prince Lafitte, não é descrito fisicamente em nenhum momento. Isso foi proposital. Achei que suas atitudes poderiam levar cada um a formar sua própria imagem dele.

Por fim, quero me desculpar com os descendentes e a equipe que supervisiona a Old North Church por fazer um buraco no banco da família de Paul Revere, com os guias do tour das casas dos Beatles por quebrar o protocolo, com os funcionários do Capilano Bridge Park por fazer um buraco numa árvore e com o *staff* do Halle Gate em Bruxelas, por esburacar o último andar. Mas o maior perdão peço aos religiosos da linda Igreja de São Pedro em Malmö, por matar um padre em sua sacristia. Tenho certeza de que todos entendem que foi tudo por uma boa causa. E, mais ainda, por uma boa história.

AGRADECIMENTOS

Em primeiro lugar, Daniel Pinsk, Stephanie Winkler, Patricia Quero, Luiza Lotufo e todos da editora Labrador por me darem todas as condições para que o livro fosse lançado.

Meu pai, Armando Antico Filho, e minha mãe, Milena Antico, por sempre me ajudarem e incentivarem. Porém, desta vez, minha mãe merece um agradecimento especial pelas duas revisões que foram necessárias. Não só pela correção de erros de ortografia e sintaxe, como por ótimas sugestões nas sequências e na história.

Claro, todo o resto da minha família merece um agradecimento, em especial meus tios Marco Antônio Riccioppo e Marco Tulio Riccioppo pela arte da capa e Caio Lucio Riccioppo, que, graças a Deus, foi essencial para que eu me apaixonasse por *rock and roll*.

Minha vontade de ser escritor começou bem cedo, aos nove anos, quando resolvi ser jornalista. Porém, devido a uma série de fatores, ela acabou escondida em algum canto da minha mente. Ela só voltou de forma definitiva quando comecei minhas sessões de psicanálise com a doutora Patrícia Matalani, a quem também preciso agradecer muito.

Acredito que são poucos os momentos em que sentimos que nossa vida muda por completo. A minha mudou quando fiz o curso de Tradução e Interpretação da Associação Alumni entre 2009 e 2011, e por isso sou extremamente grato não só à instituição, mas especificamente aos professores Ângela Levy, Jayme Pinto, Léa Tarcha e Chris Martorama.

Minha atividade profissional como jornalista e, mais recentemente, como tradutor, deve muito a Ricardo Batalha, a quem considero o irmão mais velho que nunca tive. Nunca esquecerei a primeira oportunidade na revista *Roadie Crew* e hoje tenho muito orgulho de estar novamente ao seu lado no *Rockarama*. Nesse site também tive o prazer de reencontrar outro velho amigo de *Roadie Crew*, Ricardo Campos, que também precisa ser mencionado.

Ninguém chega a lugar nenhum sem apoio e incentivo, e poucas pessoas fizeram tanto isso por mim como meu amigo, irmão e parceiro durante os mais de dez anos de *Rock Forever*: Luciano Frazani.

Várias coisas me inspiram e me trazem ideias: filmes, séries, obviamente livros. Mas minha maior inspiração é a música. E ninguém me inspira mais do que os Beatles. Por isso, inclusive, tenho um grupo de amigos apenas para falar deles, chamado "*Fab 6*". São seus integrantes: Norton Santos, Moisés Henrique, Rafael Bussi, Manoel Arantes e Robsley Ferras.

Escrever é algo delicioso para quem gosta, e tenho o prazer de conhecer pessoalmente duas pessoas que sentem o mesmo prazer que eu quando escrevem. Além disso, possuo o privilégio de poder chamá-los de amigos: a elogiada e respeitada poetisa, cronista e minha colega de turma na faculdade Mariana Ianelli e o escritor de contos Roger Lombardi. Tomara que todos nós ainda continuemos a produzir por um longo tempo.

Por último, mas com certeza não menos importantes, ótimas pessoas que contribuem para deixar minha vida ainda melhor: Renato e Flávia Zomignani, João Paulo Martinelli, Rafael Drezza, Alan Ricardo e Kátia Timóteo, Bruno Fornazza e Caroline Thaller, Eduardo e Aline Busanelli, Fernanda Von Zuben, Luís Felipe Chagas, Murilo Martins, Ricky Catz, Ricardo Benny e Marianne Facchine, Paula Facchine, Tatiana Gottardo, Fernanda Miller, Cláudia Christo, Ligia M. Apolonio, Daniela Gomes, Davi Chaim, Fernando Gebram, Leandro Mendes, Gustavo Checoli, Renato Cossi, Leandro Ligábó e Bárbara Nivoloni, André Panizza, Marcelo Pedreira e Renata Begnigna, Ricardo Panizza de Andrade, Guilherme Fehr, Rodrigo T. Gonçalves, Arthur Marques, Fernando Linhares Pereira, Vitão Bonesso, Marcel Fehr, Beto Baialuna e Daniele Dinazio, Luiz Carlos Vieira, Fernando Camargo e toda a turma de jornalismo da PUC-SP 2001, André Miranda, Luiz Porto, Nuno Gaiato, Renato Lorencini, André Monetti, Ronaldo Martins e família, Osvail Júnior, Paulo Américo, Marco Antônio Mallagoli, Tatiana Grandini e Paulo César Cunha.